그렇다면
나를
응원할 수밖에

멋대로지만 제대로 사는 중입니다

김수민 에세이

북로망스

작가의 말

어른들은 시계태엽을 감을 때 '밥을 준다'라는 표현을 썼다. 그 표현이 참 귀엽고 좋았다. 나는 밥을 주는 마음으로 시계태엽을 감았다. 시계는 딱 먹은 만큼만 일했고, 밥을 주지 않으면 그저 가만히 있었다.

살다 보니, 나에게도 보이지 않는 태엽 장치가 달려 있음을 알게 됐다. 이것은 실제 밥을 먹는다고 감기는 태엽이 아니었다. 다양한 것들을 보고 느끼고, 여러 상황에 마주하며 견뎌낼 때 조금씩 감기는 태엽이었다. 그저 일만 하고 잠만 자다 끝나 버리는 삶을 살지 않기 위해서는, 경험이라는 밥을 먹고 이 태엽을 감아야 했다.

책은 앞날이 캄캄한 프리랜서 창작자로 사는 나에게 소중한 '밥'이 되었던 이야기들을 묶은 것이다. 의외로 '밥'은 어디에나 있다. 친구가 건넨 말 한마디에, 책상 서랍 한 구석에, 심지어는 동네 길바닥에도 있다. 때로는 밥을 잘못 주워 먹고 배탈이 날 때도 있지만 태엽은 감긴다.

책 제목에 '나'라는 표현이 들어갔지만 나는 '당신'을 응원하는 마음으로 글을 썼다. 책을 통해, 당신 주변의 사소한 것에서 삶의 '밥'이 될 만한 무언가를 얻었으면 좋겠다. 그리고 신나게 태엽을 감으며, 누구보다 흥미롭고 다채로운 삶을 살기를, 그럴 수 있기를.

목 차

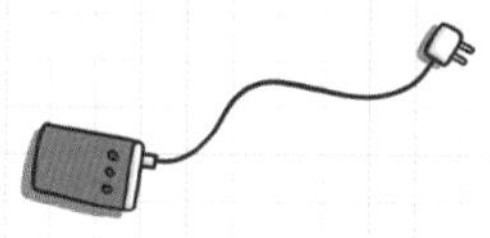

잘하고 있어..!

1장
그렇다면 나를
응원할 수밖에

잘하고 있어..!
서.. 선생님!
그쪽 길은 많이
험난하실텐데..

그렇다면
나를 응원할 수밖에

개그맨 박명수 씨가 남긴 어록 중에 이런 문장이 있다.

'늦었다고 생각할 때가 진짜 늦었다.'

'나 혹시… 늦은 거 아닐까?'라는 생각을 하게 된 순간이 있었다. 오랜만에 친구들과 함께 술을 마시던 어느 날이었다. 얼마 전까지만 해도 만나면 농담 따먹기나 하던 친구들이 어느 순간부터 진지하게 주식, 부동산, 자녀 교육 이야기에 열을 올리고 있었다. 그들 모두는 사회의 한 구성원이었고, 그럴듯한 어른으로 보였다. 나만 빼고.

더 큰 문제는, 그로부터 수년이 지난 지금까지도 나는 실없는 농담 따먹기가 더 즐겁다는 것이다. 게다가 나는 사회의 구성원에 속하는 것 같지도 않다. 아아, 나는 늦어도 단단히 늦어버렸다.

어쩌면 다니던 회사를 그만둔 타이밍도 늦었을지 모른다. 남은 인생을 프리랜서로 살 줄 알았더라면 발을 더 일찍 뺐어야 했을 수도 있다. 만약 그림 공부를 좀 더 일찍 시작했더라면, 지금쯤 나는 무언가를 이루었을까? 떠올려 보니 나는 커트 코베인이나 이소룡보다 더 오래 살고 있다. 조금 더 있으면 존 레논보다 장수하는 사람이 될 예정이다. 내가 이뤄 놓은 게 뭐 있다고, 이들보다 오래 살고 있지?

'남과 비교하는 순간, 불행해질 것이다.'

생각이 깊어졌을 때, 어디선가 들었던 한 문장이 떠올랐다. 그리고 온몸으로 이 문장을 체감할 수 있었다. 비교하니까 늦었다고 생각하고, 비교하니까 돌이킬 수 없다고 자책하는 것이다. 그래서 나는 어느 시점 이후로, 필요 이상의 비교를 거부

하기로 마음먹었다. 늦었거나 이르거나 하는 개념을 잠시 잊기로 했다.

나는 프리랜서 일러스트레이터다. 미래는 불투명하고, 밖에 나가면 백수 취급을 받는다. 주위에서는 걱정 섞인 안부 인사를 자주 건넨다. “괜찮니? 잘 지내고 있는 거니?”

하지만 나는 그림을 그리면서 ‘나름 잘’ 지낸다. 프리랜서의 세계는 고요하지만 때로는 스펙터클하고, 미래는 예측 불가능해서 짜릿하다. 무엇보다 아직 나에게 세상은 흥미로운 일투성이다. 까짓것 백수 취급 좀 받으면 어때, 어차피 진짜 백수도 아닌데.

비교를 거부한 이상 모든 기준은 내 안에 있다. 이렇게 된 거 내 자신에게 누구보다 잘 사는 모습을 보여 주고 싶다. 지금은 멋대로 사는 그림쟁이지만 언제간 다른 무엇이 될지도 모른다. 그렇다면 그날이 올 때까지, 나 자신을 응원할 수밖에.

간절히 원하지 말아요

누군가 그랬다. 간절히 원하면 온 우주가 나서서 도와줄 것이라고.

하지만 나는 반대로 사람들 앞에서 '간절히 원하지 말라'는 독자적인 주장을 펼치곤 했다. 이 주장은 우리 주변에서 심심찮게 들을 수 있는 '간절히 원하면 이루어진다'의 안티테제 같은 것이다. 무언가를 이뤄내고 싶다면, 때로는 간절히 원하지 않는 마음가짐이 필요하다는 것, 긴 시간동안 내 마음속에 고이 간직해 온 생각의 씨앗이다.

사실 나는 누구보다도 매사 간절한 사람이었다. 다니던 회사를 그만두고 배운 적도 없는 그림을 그리며 먹고살기로 했는데, 간절하지 않다면 오히려 이상하지 않은가. 통장 잔고가 빠른 속도로 바닥을 향해 가는 게 보이는데도 평정심을 유지할 수 있는 사람은 세상에 많지 않다.

회사를 그만두고 나는 내 포트폴리오를 등록하기 위해 모 일러스트 중개 사이트에 접속했다. 사이트는 이미지 파일을 올리면 그 즉시 웹페이지 최상단에 노출이 되고 뒤이어 다른 사람이 올리면 내가 올린 이미지는 한 단계씩 아래로 내려가는 시스템이었다. 나는 어떻게 하면 내 그림이 상단에 오래 머물러 편집자의 눈에 들지, 어느 시간대에 몇 점의 그림을 몇 분 간격으로 올리는 게 가장 효과적일지 등을 필사적으로 고민했다.

오랜 시간 사이트를 지켜보며 고민하던 나는 흥미로운 현상을 발견했다. 몇몇 작가들이 자신의 작업을 상단에 노출시키기 위해 업로드한 작업을 지우고 올리고를 며칠째 반복하고 있던 것이다. 아아, 그들도 간절했구나. 그 순간 내 모든 고민이 부질없다는 걸 알았다. 이런 고민을 하고 있을 시간에 느긋하게 그림 한 점 더 그리고 있는 게 옳았다.

지나친 간절함은 많은 일에 악영향을 끼친다. 실력이 바탕이 되지 않은 채 간절함만이 묻어나는 사람이나 작품에서는 매력이 느껴지지 않는다. 차라리 '나는 딱히 간절히 원하지 않아. 물론 이루어지면 좋겠지만, 이루어지지 않아도 크게 상관없어'라는 스탠스가 더 매력적이다.

그날 이후 나는 많은 경우에 일을 대할 때 간절히 원하지 않는다. 목적지를 설정하고 전속력으로 달릴 때보다, 주위를 두리번거리며 느긋하게 걸어갈 때 더 즐겁고 얻는 것도 많음을 알게 됐기 때문이다.

미래는 알 수 없다. 그저 주어진 상황 내에서 열심히 하면 된다. 그 다음은 자연스러운 흐름에 따라 흘러가게 놓아 두면 된다.

그럼에도 불구하고 간절히 원해야 하는 딱 두 가지...
부모님의 건강!
그리고...
로또 당첨!
제발!

늦어도 괜찮아요.

아이디어는 어떻게 얻었나요?

"종이컵에 그림을 그린다는 아이디어는 어떻게 얻으셨나요?"

인터뷰를 하면 열에 열 번은 받는 질문이다. 사실 나는 이런 질문을 받을 때마다 살짝 난감하다. 질문자가 기대할 법한 드라마틱한 답변을 가지고 있지 않기 때문이다.

그래서 아무도 질문하지 않았지만, 지금 이 자리에서 위의 질문에 최대한 정성스레 답해 보고자 한다.

나는 직장을 그만 두고 일러스트레이터로 먹고살겠다는 원대한 꿈을 안고 사회에 나온 초보 그림쟁이였다. 그림 공부를 같이 했던 동료 두 명과 함께 공동 작업실용 방을 구했다. 월세는 보증금 없이 45만 원. 서로에게 자극받자는 의미로 서로의 책상도 마주보는 구조로 배치했다.

하지만 당연하게도 검증되지 않은 무명 일러스트레이터를 써주는 곳은 거의 없었다. 어쩌다 운 좋게 들어온 일러스트 작업을 하거나, 그림과 전혀 상관없는 일을 하면서 월세와 밥값을 벌었다. 그래 봤자 대부분은 일이 없어 작업실 책상에 앉아 멍하니 앉아 있거나, 해외 일러스트 공모전 준비를 핑계로 종이에 그림을 끄적거릴 뿐이었다.

그 당시 나는 한 가지 중요한 사실을 깨달았는데, 내 그림이 못 그린 그림까지는 아닐지 몰라도 프로로서 남에게 돈을 받을 만한 수준은 아니라는 사실이었다. 내가 내 그림을 납득할 수 없는데, 어찌 타인을 납득 시킬 수 있겠는가. 보통 이렇게 느꼈으면, 남들은 자기 수준을 올리기 위해 피땀 흘려 노력할 생각을 했을 것이다. 하지만 그 당시의 나는 다른 길을 택했다.

'만약 일반적인 종이 혹은 캔버스가 아닌 완전히 다른 곳에 그림을 그리면, 부족한 내 그림 실력이 좀 가려지지 않을까?'

자신의 단점을 노력으로 채우기보다는, 소재의 독특함을 이용해 그 단점을 가리려는 얄팍한 발상이었다. 지금 생각하면 어이없지만, 배고프고 실력이 부족해 정면 돌파할 능력도 없던 내가 할 수 있는 유일한 측면 돌파 수단이었다. 나는 눈 앞에 굴러다니는 다양한 사물들을 찾아 닥치는 대로 그림을 그려 보기 시작했다. 그중 하나가 바로 종이컵이었다.

하루 종일 종이컵을 만지작거렸다. 불과 어제까지는 커피를 담는 일회성 소모품일 뿐이었으나, 오늘부터는 그림을 그릴 수 있는 캔버스였다. 그 누구도 여기에 그림을 그려도 된다고 한 적은 없다. 그런데 만약 여기에 그림을 그리면, 어떤 펜과 물감을 선택해야 할까? 무슨 그림을 그려야 할까? 대상을 바라보는 관점을 바꿨을 뿐인데, 지금껏 떠오른 적 없던 수많은 물음과 미션이 머릿속에 떠올랐다. 일단은 시도해 볼 만한 작업이라는 신호였다.

지금은 안다. 아무 것도 하지 않으면 아무 일도 일어나지 않는다는 사실을. 무언가를 시작하면 작고 사소한 무엇이든 느낄 수 있게 된다. 종이컵 작업을 시작하고 그 매력을 알게 됐듯이. 내가 만약 스스로 납득할 수 있을 정도로 내 메시지를 잘 전달할 줄 아는 그림쟁이였다면, 종이컵을 작업의 도구로 인식하지 못했을 것이다. 열등감에 힘껏 몸부림치다 정신을 차려 보니 몸부림치기 전보다 조금 앞으로 나아가 있었다.

이것이 '아이디어는 어떻게 얻었나요?'에 대한 내 나름의 답변이다.

종이컵에 그림 그리기 전에 시도했던 사물들

★1회용 도시락 용기

반찬 칸이 나눠진 느낌이 만화책을 연상시켜
직접 사 먹은 후 그림을 그려 봄.
그러나 원하는 느낌이 아님을 깨닫고 포기.

★튜브 용기

방산시장에서 다양한 튜브 용기를 발견해
표면에 그림을 그려 봄.
그러나 물감이 잘 묻지 않아 포기.

★돌맹이

작업실 뒷산에서 가져오면 되니 재료비는 공짜!
그러나 비슷한 컨셉으로 작업하는 사람이
있던 것 같아서 깔끔하게 포기.

내가 생각한 어른은 이게 아닌데

어른이 되면 웬만한 건 다 능숙하게 할 수 있을 줄 알았는데, 스마트폰 액정 보호 필름 하나 완벽하게 붙이지 못하는 어른이 되어 있었다.

보호필름은 언제쯤 잘 붙일 수 있을까...

영수증에 담긴 하루

오랜만에 꺼내 입은 재킷 안주머니에서 웬 종이 쪼가리가 나왔다. 그게 돈이었으면 참 좋았겠지만, 오래되어 글씨가 지워지기 시작한 신용카드 영수증이었다. 영수증에 적힌 날짜와 식당명, 결제 금액을 토대로 누구랑 무엇을 먹으러 갔을 때의 영수증인지 기억을 더듬어 보았고 이윽고 그날의 기억이 어렴풋이 떠올랐다. 함께 식사를 한 사람들, 음식의 맛 그리고 아주 희미하게지만 그때 나눴던 대화 내용들까지…….

나는 흥미로운, 그러나 한편으로는 씁쓸한 사실을 깨닫게 됐다. 요 근래 쌓이는 대부분의 추억 혹은 기억에는 반드시 '소비'가 따라붙고 있다는 사실을. 아니, 더 정확하게는 '소비' 옆에 '기억'이 따라붙고 있다는 사실을 말이다.

처음 이 사실을 깨달은 건 친구에게 '지난 주말에 뭐했어?'라는 평범한 질문을 받았을 때였다. 공교롭게도 나는 오늘 아침에 무엇을 먹었는지조차 잘 기억 못하는 사람이다. 그날 역시 아무리 머리를 쥐어짜 봐도, 달력을 뚫어져라 쳐다봐도 내가 지난 주말에 무엇을 했는지 도무지 떠오르지 않았다.

그때 문득 '신용카드 사용 내역을 보면 알 수 있지 않을까?'라는 생각이 들어 스마트폰을 꺼냈다. 카드 결제 내역을 보니 거짓말처럼 지난 주말의 기억들이 되살아났다. 맞아! 그날 나는 OO에서 OO을 사고 또 OO에서 OO을 사 먹고, 집에 와서는 인터넷으로 OO을 질렀지! 그리고 신용카드 내역과는 무관한 기억들도 조금씩 떠올랐다. 친구와 나눈 웃긴 농담, 버스 창밖으로 펼쳐지던 인상적인 풍경 등 잊히기엔 아쉬운 소중하고도 소소한 기억들…….

잊힌 기억을 돈 쓴 기록을 통해서만 소생해 낼 수 있다니! 만약 내가 그날 하루 종일 신용카드를 긁지 않았더라면, 어쩌면 그날의 기억은 영원히 되살아나지 못했을지도 모를 일이다.

소비와 상관없이 강렬하게 뇌리에 남던 기억들도 과거에는 분명히 있었다. 그러나 나이가 들어갈수록 점점 그런 기억이 줄어들고 있는 것 같다.

다행히 그날 친구의 질문에는 답을 할 수 있었지만, 가슴 한편에는 씁쓸한 기분이 남았다.

(어제) 오후 4:13

신용카드 승인
김*민님
3,800원 일시불
달달한 과자

(어제) 오후 10:32

신용카드 승인
김*민님
9,000원 일시불
짭짤한 과자

(오늘) 오전 9:17

신용카드 승인
김*민님
13,900원 일시불
달달하고 짭짤한 과..

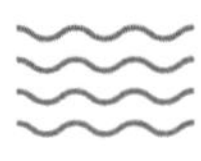

책갈피

어머니는 책에 잘생긴 나뭇잎들을 끼워 두곤 하셨다. 그 모습을 보고 자란 나도 주위에 있는 다양한 납작한 것들을 책갈피로 사용하고 있다.

카페에서 읽은 책에는 이런저런 낙서를 한 카페 냅킨을, 영화를 보고 들른 서점에서 구매한 책에는 영화 티켓을, 명함을 너무 많이 찍었나 생각이

들면 명함을 책갈피로 사용했다.

그러면 그 책은 '내가 읽은 책'이 아닌 '나와 함께한 책'이 된다. 책 내용 뿐 아니라, 나의 추억도 한 조각 머금고 있는 책이 된다.

신나지 않은 게 아니야.

목적지에 도착할 때까지 아껴 두고 있는 거야.

어른이 되었습니다

어렸을 때 명함은 잘나가는 어른들만 가지고 다니는 것인 줄 알았다. 멀끔한 양복을 입은 어른이 고급스러운 가죽 케이스에서 자신의 명함을 꺼내 건네는 모습, 영화나 드라마에서 자주 보던 그런 장면에 나는 일종의 동경을 느꼈다.

'저것이 바로 어른이구나!'

첫 직장에 들어가 내 첫 명함을 받은 날을 잊지 못한다. 명함은 아주 근사했다. 날카롭게 재단된 모서리, 명함이 넘칠 듯

가득 담긴 플라스틱 케이스. 심지어는 업무 특성상 외국인을 만날 일도 딱히 없는데 명함 뒷면이 영문으로 된 것조차 멋있어 보였다. 나는 딱히 명함을 꺼낼 일이 없는 날에도 가죽 명함 지갑을 양복 안주머니에 넣어 다녔다.

명함이 그저 멋진 물건만은 아니라는 사실을 깨닫는 데에는 그리 오랜 시간이 걸리지 않았다. 사회에서 명함을 만들어 누군가에게 건네는 일은 밥벌이를 위해 끊임없이 나의 존재를 알리는, 즉 생존을 위한 몸부림이었다. 그일은 당연히 매번 멋지지만은 않았고 가끔은 스스로가 애처롭게 느껴지기도 했다. 회사를 그만두고 프리랜서가 되어 새 명함을 만들었을 때, 나는 그 애처로움을 더욱 뼈저리게 느낄 수 있었다. 회사 로고가 빠진 명함을 보는 심정은 배트 없이 타석에 들어선 타자가 된 것과 같았다.

누군가가 잘 다니던 회사를 그만두고 프리랜서가 되려 한다면, 이 질문을 던지고 싶다. '만약 지금 당장 본인의 명함을 만들어야 한다면, 기분이 어떤가요?' 만약 질문을 받자마자 머릿속에 명함에 들어갈 문구와 스타일이 파바박 떠오르고 빨리 만들고 싶어 견딜 수 없다면? 축하한다. 당신은 영락없는 프리랜서 체질이다.

나는 지금의 내 일에 100% 만족하지는 않지만 프리랜서 체질이다. 내 명함을 만들 때마다 '프리랜서가 되길 참 잘했다'고 느끼기 때문이다. 가끔 '명함 참 예쁘네요'라는 말을 들으면, 마치 존재하지도 않는 내 아이가 예쁘다는 칭찬을 듣는 기분이다. 이맛에 나는 프리랜서를 하는가 보다.

나를 대표하는 이미지와 정보를 9x5짜리 작은 종이에 넣어야 하는 제한적인 상황이지만 동시에 나 아닌 그 누구도 명함의 완성도를 기대하지 않는다는 극강의 자유로움이 있다. 누군가에게 건네자마자 쓰레기가 되어 땅바닥에 버려질 수도 있으나, 동시에 이 명함 하나로 많은 것이 바뀔 수도 있다는 기대감과 긴장감이 있다.

어쩌면 어렸을 때 기대하던 '잘나가는 어른'은 이미 물 건너갔을지도 모른다. 나는 회사에서 받은 명함을 양복 안주머니에서 여유롭게 꺼내는 사람이 아니라 스스로 만든 명함을 만들어 뿌리고 하루하루 조마조마해하는 애처로운 어른이 되었으니까. 하지만 상관없다. 내 머릿속에는 양복이니 회사니 하는 것들이 아니라 다음 명함을 어떻게 예쁘게 만들까 하는 생각이 가득하니까.

거기 가셔서
제 이름 말씀하시면
됩니다.
계...
계약서는
언제 쓰나요?
어렸을 때 상상한
어른이 된 나
실제로 어른이 된 나

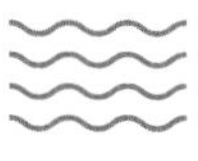

아무렇지 않은 척

새벽까지 일하고 오후까지 자는데 전화벨이 울렸다. 나는 자다 깬 티를 내며 전화를 받고 싶지 않았다. 그게 업무상의 전화인지, 친한 친구로부터의 전화인지는 중요하지 않았다. 그저 프리랜서의 자존심 같은 것이었다. 24시간 언제나 같은 톤으로 전화를 받을 수 있다는 것을 보여 주고 싶었다. 목소리를 가다듬고, 적당히 심호흡을 하고는 조심스레 전화를 받았다.

나: “(아무렇지 않은 척)여보세요?”

상대방: “어머! 주무시고 계셨구나! 죄송해요!!”

…아아, 나는 아직 멀었다.

개미와 사마귀

직장인 시절, 사무실 건물 옥상에는 정체를 알 수 없는 작은 밭이 있었다. 건물주 혹은 관리인이 소일거리용으로 일궈 놓은 밭이라 짐작할 뿐이었다.

업무에 지친 직장인들은 옥상에 올라 먼 곳을 바라보며 담배를 피울 뿐, 아무도 이 초라한 밭에 관심을 두지 않았다. 오직 비흡연자였던 나만 밭을 감싸는 시멘트 담벼락에 앉아 믹스 커피를 홀짝였다.

밭에는 수많은 개미들이 살았다. 밭의 깊이와 눈에 보이는 개미의 수를 고려했을 때, 꽤나 큰 규모의 개미 사회가 형성되어 있을 것으로 추측되었다. 그리고 나는 개미들의 일상을 지켜보기 시작했다. 그들은 이 구멍에서 저 구멍으로 쉬지 않고 이동하거나 무언가를 옮기고 있었다. 과연 대기업 사무실 건물에 서식하는 개미다웠다.

개미들의 모습에서 나와 공통된 무언가를 발견해서일까, 나는 개미가 지나가는 길에 마시던 믹스커피를 조금씩 흘려주곤 했다. 졸립고 일하기 싫었던 내가 오로지 각성을 목적으로 탄 진한 농도의 믹스커피였다. 커피 맛을 본 개미들은, 산낙지를 먹인 소처럼 더욱 가열차게 일하기 시작했다.

'우리 모두 각자의 사회를 구성하는, 멈추어서는 안 되는 톱니바퀴들이구나.' 나보다 훨씬 작은 존재에게서 무언의 위로를 받은 나는 또다시 일을 하러 내려갔다. 그리고 몇 년의 시간이 흘렀다.

톱니바퀴를 떠나 프리랜서가 된 나는, 강남의 어느 카페에서 거대한 사마귀를 목격했다. 사마귀는 정원으로 이어지는 통유리 문을 기어오르고 있었다. 단순히 정원으로 가고자 하는 거였다면, 바로 옆에 나 있는 틈으로 지나가면 됐다. 그러나 이 사마귀의 목적은 마치 미끌미끌한 통유리를 꼭대기까지 올라가겠다는 행위, 그 자체로 보였다. 사마귀는 2미터가 넘는 통유리를 천천히 오르다가 꼬꾸라지고, 또 오르다가 꼬꾸라졌다. 마치 자신의 한계를 시험하는 운동선수 같았다.

남들은 모두 무의미한 짓이라고 코웃음 칠지 몰라도, 온 힘을 다해 도전한다면 그 열정을 알아주고 응원해 주는 존재는 생기기 마련이다. 그 사마귀도 눈치챘을지는 모르지만 뒤에서 내가 조용히 응원하고 있었다.

사마귀가 약 50센티미터 지점까지 올라간 것까진 확인했으나, 나는 다음 일정을 위해 자리를 뜰 수밖에 없었다. 그 후로 그 사마귀는 꼭대기까지 올라갔을까? 아쉽게도 확인할 길은 없지만, 그날 이후로 나는 미끌미끌한 통유리를 올라가는 듯한 상황에 봉착할 때마다 그 사마귀를 떠올린다. 꼬꾸라질 것을 알고 있지만, 일단은 올라가야 한다고 몸으로 알려 주던 그 사마귀를.

어디선가 부담스러운
시선이 느껴져...

바라보는 연습을 해요

나는 상대방을 똑바로 쳐다보지 못하는 어린이였다.

상대방과 대화할 때면 나는 항상 상대방의 얼굴이 아닌 우측 하단 혹은 바닥을 쳐다보며 이야기했다. 그러한 버릇 때문인지, 한번은 놀이공원 화장실에 들어갔다 나오면서 엉뚱한 아저씨를 아버지로 착각하고 한참 뒤따라간 적도 있었다. '내가 드디어 미아가 되었구나'라는 생각에 패닉 상태가 되기 직전, 저 멀리서 내 이름을 외치며 달려오시던 부모님의 모습은 아직도 생생하다.

군 제대 후 영화관에서 아르바이트를 하면서 또다시 위기가 찾아왔다. 불특정 다수의 낯선 손님들을 마주해야 하는 서비스업의 특성상, 상대방을 바라봐야 하는 건 필수였기 때문이다. 알바 초기엔 매점 창고에서 옥수수 포대 자루 혹은 팝콘용 오일을 나르기만 하면 되었기에 큰 문제가 없었다. 그러나 매표 알바로 포지션이 바뀌면서 하루에 수백 명의 손님들과 마주보고 대화를 해야 했다. 표를 한 장 한 장 팔 때마다 스트레스도 쌓여 갔다.

그런 나에게 같이 일하는 친구는 손님의 눈을 똑바로 쳐다보면 오히려 건방져 보인다며 상대방의 미간 혹은 콧등을 쳐다보라는 조언을 해 주었다. 하지만 이 방법도 근본적인 해결책이 될 순 없었다. 엄밀히 따지면 그건 '바라보는 것'이 아니었으니 말이다. 대학을 졸업하고 취직한 후에도 상황은 비슷했다. 첫 직장에서 내가 배정된 곳은 영업직이었고 업무상 만난 사람들의 얼굴을 쳐다보거나 기억하지 못한다는 사실이 내 발목을 잡았다.

비로소 내가 대상을 제대로 바라볼 수 있게 된 건 회사를 그만두고 어느 일러스트 교육 기관에 들어간 후였다. 그림을 잘 그리고 싶어서 들어간 그곳에서 일러스트 선생님은 그림 그리는 법을 가르치지 않았다. 대신 대상을 진지하게 마주하는 것이 얼마나 중요한 일인지를 일깨워 주었다.

내가 이해한 바는 이렇다. 앞으로 그리게 될 사람이나 사물은 어디까지나 껍데기일 뿐이지만, 그림 작가는 대상의 외형뿐 아니라 내면까지도 진지하고 철저하게 바라보고 고민해야 한다. 결국 제대로 된 그림을 그리기 위해서는 대상을 대충대충 바라보는 버릇부터 고쳐야 한다고 했다.

처음부터 사람을 보는 게 부담스러웠던 나는 드로잉 노트를 들고 혼자 동물원에 찾아가 동물들을 바라보며 그림을 그렸다. 다음에는 순환선인 지하철 2호선을 타고 몰래 사람들을 관찰하며 크로키 연습을 했다.

일러스트 교육 기관을 졸업한 후에도 관찰과 드로잉은 계속됐다. 틈만 나면 작업실 책상 앞에 앉아서나 동네를 돌아다니며 관찰할 대상을 찾았다. 그러다 어떤 사물에 꽂히기라도 하면 진지하게 파고들었다. 그중 하나가 바로 종이컵이다. 8년이 지난 현재까지도 나는 종이컵이라는 대상을 진지하게 마주하며 그 위에 그림을 그리고 있다.

대상을 마주하려는 노력은 인간관계에서도 진행 중이다. 누군가와 일을 하게 되면 일단 직접 만나서 인사부터 하려고 한다. 상대방을 똑바로 쳐다보고 진지하게 대하는 것이 상대에 대한 도리이자 예의이기 때문이다.

그러다 잠시 긴장이 풀리면 버릇처럼 딴 곳을 쳐다보기도 하지만 그럴 때에는 부디 너그럽게 이해해 주시길.

(과거) 나의 불안한 시선 처리
아, 벌써 시간이...
앞머리 거슬린다...
휘핑 크림 맛있겠다...
격렬하게 떠시는구나...
드...
듣고있니?

나만 혼자인 줄 알았는데,

의외로 많은 사람들이 혼자네요.

제가 한번 불행해 보겠습니다.

감사합니다 놀이

매일 집에만 있다 보니 나만의 소소한 놀이를 만들었다. 그것은 바로 '택배가 온 순간 맞추기 게임'이다. 여건만 맞는다면 지금 당장 여러분도 집에서 즐길 수 있다.

'고객님의 택배가 O시에서 O시 사이에 배송될 예정입니다'라는 문자를 받는 순간부터 게임은 시작된다. 틈틈이 인터넷으로 배송 조회를 하면서 현재 택배의 위치를 파악하고, 도착 예정 시간이 되면 청각을 곤두세운 채로 할 일을 한다. 이때, 택배를 기다리는 행위가 메인이 되어서는 안 된다. 택배 기사님이 오셔서 문 앞에 택배 상자를 놨을 때, 그것을 알아차리면 나의 승리다. 반대로 기사님의 배송 완료 문자가 도착할 때까지 택배의 존재를 눈치채지 못하면 나의 패배가 된다. 다행히 승리하던 패배하던 택배는 나의 몫이니, 잃을 것 없는 안전한 놀이라 할 수 있다.

사실 이 놀이의 궁극적인 목적은 택배 기사님이 택배를 놓는 그 순간 문을 열어 그에게 인사하는 것이다. 예전에는 직접 택배를 건네받는 일이 많아서 자연스럽게 인사할 수 있었으나 지금은 대부분의 기사님들이 택배를 집 앞에 두고 간다.

내 몸이 편하다는 것은 곧 누군가 나 대신에 불편함을 감수해 주었다는 뜻이다. 내가 침대에 뒹굴거리기는 동안 문 앞에 생수가 배달되는 세상이다. 물을 마시는 건 나인데 고생해서 12리터의 물을 문 앞까지 가져오는 건 내가 아닌 타인이다. 이때 내가 할 수 있는 건 그에게 감사의 인사를 하거나 캔 커피라도 건네 드리는 것이다.

코로나가 지구상에서 사라진다고 하더라도 비대면 흐름이 유지된다면, 감사의 인사와 같은 일상적인 말들이 세상에서 점차 자취를 감출 수 있겠다는 생각이 든다. '다 돈 받고 하는 일인데 당연한 거지 뭐'라면서 말이다.

놀이 창시자인 나는 아직 한 번도 이 게임에서 승리한 적이 없다. 택배 기사님께서 살금살금 배달하시는 건지, 내 청력이 안 좋은 건지, 아니면 둘 다인지 알 수 없다. 나는 승부욕이 거의 제로에 가까운 사람이지만 이 게임만큼은 꼭 승리하고 싶다. 그리고 승리의 인사말을 택배 기사님께 꼭 전하고 싶다. 감사하다고.

택배 이용은 잦아졌으나,
정작 물건을 가져다주시는 분의 얼굴을 뵐 일은
거의 없어졌다.

'감사합니다'라고
내 마음을 전달할 기회도
없어졌다.

현실을 잊고 싶을 때

"너 요즘 무슨 게임 해?"

친구들끼리 모여 수다를 떨다 보면 자연스럽게 이런 질문이 오간다. 애초에 게임을 하는지에 대한 질문은 가볍게 건너뛰는, 답변을 뭐라고 하냐에 따라 하루 종일 이야기할 수도 있는 주제다. 하지만 나는 이 질문을 던진 사람을 한순간에 조용하게 만들 수 있는 마법의 답변을 알고 있다.

"나 요즘, 지뢰 찾기 해."

지뢰 찾기는 한때 윈도우 컴퓨터를 사면 카드놀이와 함께 기본으로 설치되어 있었다. 숫자 힌트만을 바탕으로 지뢰가 있을 것으로 예상되는 곳에 안전하게 깃발을 꽂아 지뢰를 걷어내는 초간단 게임이다. 마우스 좌 클릭과 우 클릭이 서툰 PC 초보자들을 단련시키기 위해 기본 탑재된 게임이라는 설이 있다. 이제는 다들 클릭을 잘 한다고 판단한 듯, 최신 윈도우에서는 설치가 되어 있지 않고 별도의 다운을 받아야 한다.

한때 하루 대부분의 시간을 멍하니 지뢰 찾기만 하던 시절이 있었다. 사귀던 여자 친구와 이별하고, 취업이 안 돼서 우울하던 때였다. 음주나 사행성 도박 등에 비하면 가벼워 보일 수 있는 중독이었으나, 당시의 나는 매우 진지했다. 나에게 지뢰 찾기는 현실을 잊게 해 주는 유일한 도피 수단이었다.

몇 달 동안 지뢰 찾기에만 몰두하다 보니 게임과 현실과 묘하게 연결되는 몇 가지 요소를 발견하기에 이르렀다.

하나, 첫 클릭은 모두에게 공평하다. 지뢰 찾기는 지뢰의 위치가 정해진 상태에서 게임이 시작되는 게 아니라, 플레이어가 첫 클릭을 하는 순간 지뢰의 위치가 설정되도록 프로그램 되어 있다. 따라서 게임 시스템상 첫 클릭에 지뢰를 밟을 일은 절대로 없다. 누구나 시작할 수 있고, 기회를 얻을 수 있다는 사실만큼은 모두 공평한 것이다.

둘, 초반에 잘 풀린다고 해서 방심하면 안 되고, 잘 풀리지 않는다고 낙담할 필요도 없다. 필드에 내가 찾아야 할 지뢰의 개수는 정해져 있다. 초반에 지뢰가 없는 칸들을 많이 찾아냈다는 것은 곧 다른 위치에 지뢰가 몰려 있다는 뜻이다. 반대로 초반에 지뢰가 많아 어렵다 해도, 그 부분만 잘 넘기면 쉽게 잘 풀린다는 뜻이기도 하다. 21세기 대한민국의 평범한 국민으로 살면서 마주하게 될 시련도 어느 정도 정해져 있다(고 믿고 싶다). 지금 나에게 닥친 시련은 나중에 마주하게 될 조금 앞당겨진 시련일 뿐이다.

셋, 머리보다 손이 빨라지면 죽는다. 지뢰 찾기를 하다 보면 시간 기록에 집착한 탓에 빠른 속도로 클릭을 하게 된다. 그러다 보면 손가락이 멋대로 요령과 경향을 깨우치면서 머리의 회전 속도를 앞서가게 된다. 생각하기도 전에 행동을 하게 된다는 것이다. 인터넷상에 생각 없이 배설한 글 하나 때문에 나락으로 치닫는 사람이 얼마나 많은가. 시간 기록 따위 없는 현실에서, 손이 머리를 앞서는 행동은 금물이다.

넷, 선택을 해야 할 순간이 반드시 온다. 주어진 힌트로는 절대로 지뢰의 위치를 알 수 없고 오직 나의 운만을 믿으며 선택해야 하는 상황이다. (게다가 이런 순간은 꼭 마지막에 온다!) 인생은 선택의 연속이다. 정작 중요한 순간에 힌트 따위는 주어지지 않는다. 오로지 내가 스스로 내려야 할 판단만이 존재할 뿐이다. 후회하는 것도 안도하는 것도 결국 나의 몫이다.

마지막으로, 죽어도 다시 도전할 수 있다. 지뢰 좀 밟으면 어떤가. 상단에 있는 얼굴 그림을 클릭하고 처음부터 다시 도전하면 된다. 여자 친구는 떠나고 취업은 안 되고 눈앞은 지뢰밭이었지만 지뢰 찾기는 '다시 해보면 좀 달라지지 않을까?'라는 희망의 메시지를 주며 나에게 꽤 괜찮은 재활 프로그램이 되어 주었다.

아마도 나는 앞으로도 지뢰 찾기를 하게 될 것 같다. 얼마 전 발견한 태블릿용 지뢰 찾기가 PC용과 또 다른 맛이라는 걸 알아 버렸기 때문이다. 그리고 무엇보다, 현실을 잊고 싶어지는 순간은 앞으로도 종종 찾아올 게 분명하기 때문이다.

인생은 실전!
게임(G) 도움말(X)
앞으로 어떻게
살아가야 하죠?

어쩌다 보니 프로페셔널

SNS에 작업 사진만 있고 일상 사진은 하나도 없던데 특별한 이유라도...
제가 SNS에는 작업 사진만 올리기로 마음먹어서요...

...는 페이크고, 남들처럼 내세울만한 일상 자체가 없어서 그렇습니다...
맨날 집 아 작업실...

내 반려기기들을 소개합니다

이사를 하는 김에 작업용 책상을 깔끔하게 정리해 보기로 했다. 가장 유념한 부분은 바로 전선을 가능한 한 없애거나 보이지 않도록 하는 것. 무선 기능이 탑재된 충전식 전자 기기를 쓰거나, 필수로 존재해야 하는 전원 케이블을 책상 아래로 내려 깔끔하게 숨기기로 했다. 평소 책상 청소를 잘 하지 않는 성격이었기 때문에, 이렇게라도 하면 청소를 덜 해도 깔끔해 보일 거라는 얄팍한 계획도 있었다.

초반에는 나름 깔끔한 책상을 유지하는 듯 보였으나, 문제는 전혀 예상치 못한 곳에 있었다. 선을 너무 철저하게 숨긴 탓에, 충전해야 할 전자 기기들을 깜빡하고 제때 충전하지 못하게 된 것이다. 스마트폰 배터리가 바닥이라는 사실을 외출 직전에 알았을 때의 그 허탈감이란!

나 같은 사람을 위해 등장한 휴대용 외장 배터리는 이런 고민을 깔끔히 없애줄 수 있을 줄 알았다. 하지만 나와 비슷한 행동 패턴을 지닌 사람들은 알 것이다. 결국 외장 배터리도 제때제때 충전해 놓지 않으면 무용지물이라는 것을. 아니, 무거운 가방을 감수하며 외장 배터리를 가져왔는데 왜 충전을 못하니! 결국 이 모든 건 게으른 21세기 김첨지 탓인가, 아니면 주변에 전자 기기투성이가 되어 버린 세상 탓인가? 나는 깜빡이는 작은 LED등을 바라보며 배터리의 생과 사를 관망해야 하는 야속한 상황을 자주 탓했다.

생각해 보니 어렸을 적 내가 충전해야 할 건 기껏해야 내 몸뚱어리 하나밖에 없었다. 아니, 몸뚱어리를 충전한다는 개념조차 없었다. 다이나믹듀오가 "하루를 밤을 새면 이틀은 죽어, 이틀을 밤새면 나는 반 죽어"라고 노래할 때만 해도 나는 '아니 왜 죽는 거지?' 하며 그 뜻을 잘 이해하지 못했다. 그러다 장기하가 "밤은 깊어 가는데 기상 시간은 정해져 있다"라고 노래할 즈음에야, 다음날 출근하기 위해 내 몸을 충전해야 함을 알았다. 아이러니하게도 내 몸뚱어리는 내 것이 아니었기에.

지금은 어떠한가. 다음날 아침 스케줄에 맞춰서 수면 시간과 음주량도 조절해야 하는 판에, 제때제때 충전해 놔야 하는 것들은 또 얼마나 많은가. 당장 지금 책상 위를 둘러봐도 스마트폰, 노트북, 태블릿, 무선 키보드, 무선 마우스, 무선 이어폰 등이 충전을 기다리며 배터리를 야금야금 갉아먹고 있다. 가만히 전기 밥을 기다리는 나의 기계식 반려동물들이다. 주인을 잘못 만난 덕에 이따금씩 방전도 경험하며 고생이 많다.

과연 우리가 충전과 방전의 굴레에서 영원히 벗어나는 순간은 올까? 굳이 선을 연결하거나 충전기 위에 올려놓지 않아도 전자 기기가 알아서 충전되는 세상. 야근하고 술 마시고 잠을 제대로 못 자도 내 몸 신경 쓰지 않고 살 수 있는 세상은 과연 올 것인가? 책상 위에 어지럽게 널부러진 기계식 반려동물들을 보며 생각해 본다.

(내일을 위해) 충전중입니다...

고민만 하다 하루가 끝나 버렸나요?

내일은 오늘보다 더 괜찮아질 거예요.

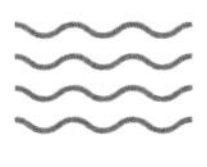

비밀번호

내가 좋아하는 색은 무엇이었을까.
내가 존경하는 선생님은 누구였을까.
나의 좌우명은 무엇이었을까.

잊어버린 비밀번호를 찾기 위해 들어갔다가
잊고 있던 과거의 나를 다시 만나고 나왔다.

이런 수채화 같은 인생

일러스트를 배우기 위해 들어간 학원에서 처음 진행한 수업은 '다양한 그림 재료들을 체험해 보기'였다. 처음에는 연필을 이용한 크로키 작업으로 시작하여 유화, 수채화 물감, 아크릴, 구아슈, 파스텔, 에칭 판화 등을 한 주씩 차례로 체험하였다.

'체험'이라는 표현을 쓴 이유는, 각 재료의 사용법을 선생님이 거의 알려주지 않았기 때문이다. 재료를 앞에 두고 느꼈던 막막함은 지금도 여전하다. 그중 내가 가장 기피하는 재료는 수채화 물감이다.

수채화 물감은 한마디로 무섭다. 어디로 튈지 모르는 럭비공 같은 녀석이다. 종이가 물기를 얼마나 머금었는지에 따라 물감이 번지는 속도와 방향이 그때그때 달라진다. 게다가 붓을 쥔 손이 주저하면 주저할수록, 점점 내 그림에는 하수의 낙인과도 같은 얼룩이 늘어간다. 그래서 나 같은 수채화 초보자는 당최 처음 의도한 그림이 나올 수가 없다.

물감의 특성상 밝은 색부터 순서대로 색을 써야 하며, 유화나 아크릴화와 다르게 한 번 색을 잘못 칠하면 수정은 거의 불가능하다. 실수를 영원히 떠안고 가거나 지금까지 그린 그림을 버릴 수밖에 없다. 그래서 수채화는 우리의 삶과도 닮아 있다. 종이 한 장에 예측 불가능한 물감을 붓에 머금고 그려야 하는 수채화 같은 것이다.

일상에서 Ctrl+Z 기능이 있으면 좋겠다고 생각한 순간이 여러 번 있었다. 잘못된 판단과 언행을 돌이켜 보며 밤에 혼자 이불 킥을 하곤 했다. 하지만 아무리 발로 차 봤자 애꿎은 이불만 널브러질 뿐, 달라지는 건 아무것도 없다. 내가 한 실수는 영원히 내가 떠안고 가야 한다.

그럼에도 나는 초보자의 수채화 같은 내 일상이 나름 마음에

든다. 예측하지 못한 사건에 당황하고 저지른 실수를 수습하느라 바쁘지만, 가끔은 그 실수가 전화위복이 되어 꽤 그럴싸한 결과물이 만들어지기도 한다. '역시 내 판단이 아주 틀리지는 않았어!'라고 혼자 뿌듯해 하다가 어리석게도 같은 실수를 또 반복하기도 하고, 예측이 가능해지고 따분해질 즈음에는 또다시 예측 불가능한 사건이 인생에 등장한다. 지루할 틈이 없다.

나는 다른 작가님이 그린 수채화 작업을 관찰하는 것을 즐긴다. 물감이 멋지게 번진 이 부분은 의도적이었을까? 아니면 우연한 결과물일까? 확실한 건, 그들은 예측하기 힘든 물감의 흐름을 즐기는 사람들이란 것이다. 동시에 자잘한 실수따위는 더 멋진 표현으로 바꿔 버리는 노련함도 가지고 있다. 물론 그들도 수많은 노력을 거쳤다는 사실을 뭐 말할 것도 없다. 나는 그들의 그림을 보며 작가님의 인생을 가만히 상상해 본다.

언젠가는 나도 멋진 수채화를 그릴 수 있을까.

수채화 작업을 주로 하시는
작가님의 전시를 보러 갔다.
두근
두근
EXHIBITION
전시 관람은 코로나 터지고 처음…
마침 작가님이 계셔서
평소 궁금했던 것들을
이것저것 여쭤보았다.
야외에서 그릴 때
붓은 어떻게 빨아요?
친절
친절
넵
그건요…
생각해보니 너무 기술적인 내용의
질문만 한 것 같아서 죄송스러웠다.
갤러리
작품 자체에 대한
이야기를 더 할걸…
싸인엽서
사고 나옴

2장
다른 견지
틀린 견지

내가 부러워하는 사람들
이모~ 한 병 더!
얼굴 안 빨개지는 아이
다음 신호에서
좌회전...
방향감각의 신
밤샜어~
어제 다
봐 버렸지
뭐야~
드라마 정주행러
가지마.
거기 이제
맛없어졌어
맛집 전문가
응~ 지금~
밥 먹으면서
과제하면서
영화 봐~
멀티플레이어

,

I
리스펙트
YOU

내가 부러워하는 사람들은 이런 사람들이다.

술을 많이 마셔도 얼굴이 빨개지지 않는 사람, 처음 간 지역인데도 불구하고 감으로 길을 잘 찾는 사람, 친구 혹은 지인의 아이 이름을 잘 외우고 있는 사람, 맛집 정보에 빠삭한 사람, 드라마 한 시즌을 하루 이틀 만에 정주행하는 사람, 과제와 카톡과 TV 시청을 동시에 하는 사람 등등.

그중 현재 시점에서 가장 부러운 사람 1위는 말을 잘 하는 사람이다. 여기서 말을 잘 한다는 것은, 자신의 생각을 불필요하거나 중복된 표현 없이 최소한의 문장으로 정확하게 전달하는 것을 말한다.

살다보면 가끔씩 그런 사람들을 만나고는 한다. 그들은 내가 1분 30초 걸려도 제대로 전달하지 못하는 내용을 그들은 30초 만에 정확히 전달한다. 대체로 그런 사람들은 듣는 이들을 휘어잡는 마법 같은 힘도 함께 지니고 있다. 상대방이 자연스레 귀를 기울이게끔 억양과 어순을 조절하기도 하고, 딱딱한 주제여도 마지막에는 훈훈하고 위트 있게 마무리 지을 줄도 안다. 대체 그런 능력은 어디서 얻을 수 있을까?

나는 스스로 말을 잘 못하는 사람이라 생각하는데, 그런 생각을 하게 된 건 2007년 취미 생활로 팟캐스트를 시작하고 나서부터였다. 친구와 수다를 떤 내용을 재미로 녹음해 인터넷에 올려봤는데, 그때 처음으로 내가 내뱉는 말들을 다시 듣게 됐다.

녹음된 자신의 목소리를 처음 들어본 사람은 대체로 공통된 반응을 보인다. '이거 진짜 내 목소리 맞아?' 낯선 사람이 나 대신 말하고 있는 듯한 어색함에 당장 멈춤 버튼을 누르고 싶어진다. 나는 그 어색함이 사라지기도 전부터, 나의 잘못된 단어 선택과 형편없는 문장 구사력이 거슬리기 시작했다. 내가 평소에 이렇게 두서없이 말을 하고 있었구나! 웃기지도 않는 말을 웃긴 말인 양 내뱉고 있었구나! 타인의 입장이 되고 나니 비로소 나의 단점을 깨닫게 된 셈이다. (다행히도 팟캐스트는 생방송이 아닌 녹음 방송이라, 편집의 힘으로 조금은 개선할 수 있었다)

13년 동안 마이크 앞에서 수다를 떨다 보니, 처음 시작했을 무렵보다는 아주 조오오오금 말솜씨가 나아졌다. 하지만 기본적으로 이 영역은 타고난 영역임을 느낀다. 여전히 나의 말은 두서가 없고 길고 산만하다. 그래서 의도적으로 짧게 치고 빠지는 수법을 쓴다. 말이 길어지면 지루해진다는 것을 알기에. 그랬더니 어느 순간부터 내 포지션은 '잘 말하는 사람'에서 '잘 들어 주는 사람'으로 바뀌었다.

아주 가끔씩 강연, 특강 의뢰가 들어오면 콤플렉스를 극복하기 위해서라도 무조건 수락한다. 처음에는 자신감을 가지고 몇몇 키워드만 적어 놓고 반 즉흥으로 진행했는데, "네가 무슨 스티브 잡스냐?"라는 친구의 말을 듣고 나서부터는 모든 대본을 철저히 준비해 간다. 사실 스티브 잡스도 다 대본이 있고 피나는 노력도 했을 것이다.

내가 사람 앞에서 말하는 직업이 아니라 혼자 책상 앞에 앉아 그림을 그리는 직업이라 다행이다. 물론 내가 그림도 그리면서 말도 엄청나게 잘하는 사람이었다면 인생이 조금 더 달라졌겠지만, 그 부분까지는 생각하지 않기로 하자.

촘촘한 거미줄에 걸렸어요. 사랑일까요?

거리 좁히기

언제부터인가 친했던 친구나 지인에게 먼저 연락하는 게 조금씩 망설여지기 시작했다.

아마도 내가 회사를 그만두고 백수가 되면서부터였을 것이다. 나는 잠시 멈추는 것도 모자라 아예 뒷걸음치는 삶을 택했는데, 비슷한 시기에 사회생활을 시작한 지인들은 점점 속도를 내는 것처럼 보였다. 그들은 비디오게임에서 볼 수 있는 '스테이지'를 클리어하고 있는 듯했고, 같은 하늘 아래지만 완전히 다른 삶을 살고 있는 것 같았다. 열등감이었다.

다른 삶을 살고 있으니, 상대방의 생활 패턴을 알 턱이 없었다. 어쩌다 전화했는데 받지 않으면, '지금은 일하는 중이겠구나' 혹은 '지금은 집에서 가족들과 시간을 보내는 중이겠구나' 라고 멋대로 짐작하며 다음을 기약했다. 나는 아무도 알아주지 않는 배려를 혼자서 하고 있었고, 나의 행동은 점점 더 소심해졌다.

나중에 안 사실이지만, 그들 역시 나에게 일종의 배려를 하고 있었다. 그들이 보기엔 나야말로 자신들과 다른 삶을 사는 것으로 보였다고 한다. 멀쩡히 회사에 다니던 내가 그림을 그린다며 불쑥 회사를 나갔으니, 자신들이 모르는 정신적 부담감과 스트레스가 컸을 것으로 짐작했다고 했다. 그들에게 나는 새로운 삶의 궤도에 오르기 위해 악착같이 일하는 초진지 캐릭터쯤으로 보였던 것일까. 나는 있는 그대로의 진실을 털어놓았다. "뭐 스트레스가 아예 없지는 않았지만, 그렇다고 엄청나게 바쁘거나 힘들었던 건 또 아니어서…."

지금도 나의 성향이 크게 바뀌지는 않았다. 여전히 나는 친구에게 거는 전화 한 통, 메시지 한 줄에 망설인다. 그런 탓에, 몇몇 지인에게는 '연락도 잘 안하는 매정한 녀석'으로 단단히 찍혀 있다.

예전과 비교해서 조금 변한 건 있다. 언제든지 나의 작업실 혹은 집으로 놀러 오라고 말할 수 있게 되었다. 여전히 서로 바쁘고 사는 바닥도 다르지만, 갑작스럽게 말동무가 필요하거나 술이 고파지면 언제든 나를 찾으라고 어필하게 되었다. 프리랜서의 몇 안 되는 장점이 바로 이런 것이니까.

예전에 정신없이 앞만 보며 달렸던 친구들도, 어느덧 한 템포 여유를 가질 수 있는 나이가 되었다. 그중에는 다음 도약을 위해 나처럼 완전 다른 업계로 옮겼거나 이직을 준비하는 친구도 있다. 삶에 지쳐서 새로운 활력소를 찾으려는 친구도 있다. 그러한 친구들에게 현실적인 도움은 주지 못해도, 언제든지 이야기를 들어줄 수는 있다고, 항상 같은 장소에서 그림을 그리며 대기하고 있다고 말할 수 있게 됐다.

나에게 '그림'은 직업이지만 일종의 메시지이기도 하다. 그림을 그리느라 평소 연락은 소홀하지만, 이렇게 꿋꿋하게 잘 생존하고 있다는 메시지 말이다. 오랜 기간 연락이 두절되었던 친구가 "그림 잘 보고 있어"라고 연락을 주었을 때, 나의 안부가 전해졌음을 느낀다. 그림으로 비로소 그들에게 한 발 더 나아갔음을 느낀다.

예상외로
잘살고있습니다
010-XXXX-XXXX

조용히 있고 싶어요

"머리에 왁스 발라드릴까요, 손님?"

"아…네……."

"이거 끝나고 어디 가시나 보죠?"

"…네, 들를 곳이 좀 있어서요."

이번에도 거짓말을 하고 말았다. 실제로는 커트가 끝난 후에 바로 집으로 직행할 예정이었다. 되도록 대화를 짧게 끝내고 싶어서 부정적인 답변을 피한 것뿐이었다.

나에겐 잘 모르는 사람과 대화를 하는 게 큰 스트레스이자 고역이다. 매달 보는 미용사 선생님도 이에 해당된다. 물론 고역이라고 해서 싫은 티를 내거나 입을 굳게 닫고 있거나 하는 건 아니지만, 나는 그저 미용사 선생님께 조용히 내 머리를 맡기고 끝나면 고개 숙여 인사를 한 후에 신속하게 미용실을 나가고 싶을 뿐이다.

택시를 탈 때에도 마찬가지이다. 나에게 택시는 대체로 피곤할 때 타는 교통수단이라, 앉자마자 높은 확률로 스르륵 눈을 감는다. 그러니 기사님과 인사를 나누고 목적지를 전달할 때를 제외하고는 딱히 나눌 말이 없고 나누고 싶은 말도 없다. 인터넷 게시판에 사람들이 쓴 글들을 읽다 보니, 나와 같은 생각을 하는 사람이 나뿐만이 아니었다.

미용사가 말을 걸까 봐 지그시 눈을 감고 있거나 자는 척을 한다는 사람. "왁스 바르지 말아 주세요"라는 말 한 마디를 못해서 집에 도착하자마자 머리를 박박 감았다는 사람. 심지어 택시 기사님이 하시는 질문에 거짓말로 답하여 대화를 강제 종료시키는 사람도 있다.

한편으로는 이런 주장도 있다. 손님이 "커트 끝나고 들를 곳이 있어서요"라고 대답한다 한들, 미용사 선생님은 이 손님이 진짜로 어디 들를지 혹은 집으로 직행할지 직감으로 안다는 것이다. 손님이 어디로 가든지 그저 가장 예쁜 머리로 세팅해 주겠다는 서비스 정신을 발휘할 뿐이다.

왁스 세팅을 마치고 나왔더니 이대로 집으로 돌아가는 게 아쉽게 느껴지기 시작했다. 그래, 내가 뱉은 말대로 오늘은 이곳저곳 들렀다가 집에 늦게 들어가야겠다. 미용사 선생님, 오늘은 내가 졌고 당신이 이겼습니다.

고객님, 저
위이이이이이이잉
응? 뭐라고 하신거지?
다시 한번 말해 달라고 할까?
아니면 그냥 적당히 맞장구 칠까?

뒤늦은 후회1
언제 밥 한번 먹자!
술도 좋고!
밥 한번 먹어야지!
조만간 밥 한번 먹자고!
그러나 그가 밥을 먹는 일은 없었다고 한다...
바로 날짜를 잡았어야 했어...

뒤늦은 후회2
이 채널 재미있겠다. 일단 구독!
나중에 봐야지~
시즌3가 나왔구나! 조만간 시즌1부터 정주행해야지!
지금 즐기세요!
80% 할인중이라고? 일단 결제 완료!
지금 일 끝나면...
최신 GAME 80%~ 할인! 주말 한정!
그러나 그는 그 어느것도 즐기지 못했다...
즐길 수 있을때 즐길걸...

남들에게
거슬리지 않는 삶

유명 IT 유튜버의 영상에 게스트로 출연해 일러스트레이터로서 태블릿을 어떻게 활용하는지에 대해 이야기한 적이 있다.

나는 카메라 앞에 있으면 굉장히 떨린다. 동영상뿐만 아니라 사진을 찍을 때도 마찬가지다. 너무 심하게 떨 때에는 척추를 바늘로 찌르는 듯한 고통을 느끼기도 한다. 다행히 그날은 내가 주도적으로 말해야 하는 자리가 아니었기 때문에 적당히 떨림을 감춘 채 무사히 촬영을 마칠 수 있었다.

며칠 후 영상이 업로드되었고, 나는 확인하기 위해 유튜브에 접속했다. 화면에 등장하는 어색한 남자는 매일 거울 앞에서 보는 그 남자였다. 댓글 창을 보니, 게스트로 나온 사람이 맞장구를 너무 기계적으로 남발해서 거슬린다는 소소한 의견이 다수 발견되었다. 허겁지겁 영상을 다시 확인해 보니, 상대방의 모든 발언에 내가 "그렇죠!"라며 맞장구를 치고 있었다. "그렇죠!"를 몇 번 뱉었는지 횟수를 세어 보고 싶을 정도로 기계적으로 맞장구를 남발하고 있었다.

어쩌면 '나'를 가장 냉정하게 바라볼 수 있는 사람은, 나 자신도 아니고 주변인도 아닌, 나에 대해 전혀 모르는 제3자일 수도 있다. 현재 내가 하는 대부분의 자잘한 행동들은 최소 십수 년 전부터 무의식적으로 해 왔던 것들이라 스스로 인지하기 힘들다. 주변 사람들도 특별히 거슬리지 않은 이상 내 행동을 지적해 주지 않는다. 결국 이 영역의 구세주는 '나와 전혀 관련 없는 사람들'이라는 결론에 다다른다.

공공장소에서도 비슷한 상황을 마주할 때가 있다. 다리를 떠는 사람을 보면 나는 곰곰이 생각한다. 저 사람은 다리를 스스로 떨고 있는 것일까? 혹은 본인이 다리를 떨고 있다는 사실을 인지하지 못하고 있는 것일까? 같이 앉아 있는 사람은 알고 있을까? 어떤 때는 다리 좀 그만 떨어달라고 말하고 싶을 정도로 격렬하고 시끄럽게 다리를 떠는 사람이 있다. 하지만 그 말이 턱밑까지 차올랐다가도 결국 참는다. 나도 모르게 기계적인 '그렇죠!'를 남발했듯이, 나도 방금 전까지 주변 사람들에게 거슬리는 행동을 했을 수도 있다는 생각이 들어서다. 나도 내 행동을 확신하지 못하는데, 어찌 남의 행동을 심판하겠는가. 그저 반면교사로 삼으면 될 뿐이다.

그로부터 몇 달 뒤, 나는 동일한 IT 유튜버로부터 다시 게스트 출연 제안을 받았다. 이번에는 미리 여러 버전의 맞장구를 준비하고, 너무 남발하지 않도록 적당히 쉬어 가며 맞장구를 쳐 주었다. 남들에게 거슬리지 않는 삶이란… 쉽지 않다.

그렇죠!
그렇죠!
그렇죠!
그렇죠!
그렇죠!
인터넷박제
허허…
일곱 번…
여덟 번…

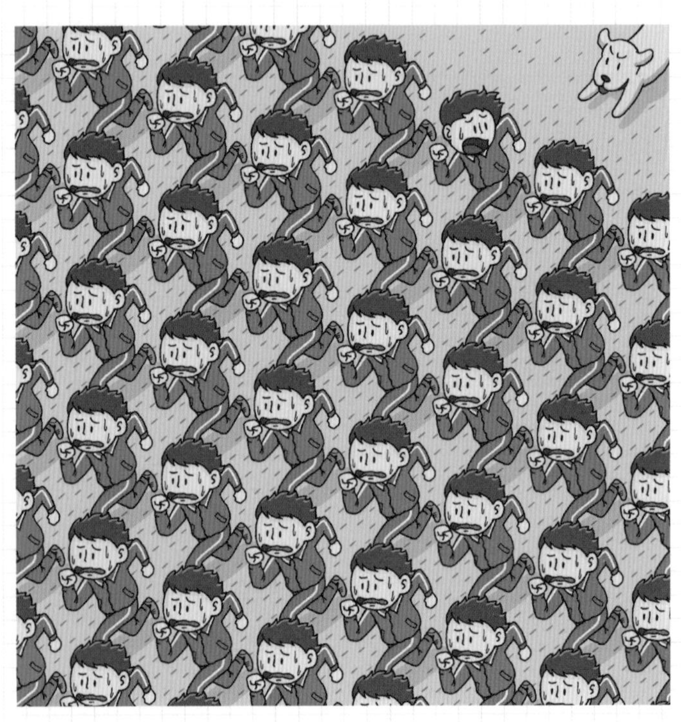

한참을 달리다 보니,

무엇을 위해 달렸는지 기억나지 않아.

다른 건지 틀린 건지

'다르다'와 '틀리다'의 차이는 참으로 오묘하다.

'다르다'를 '틀리다'라고 말하는 사람은 대체로 두 종류다. '다르다'라는 뜻으로 말하고 싶었으나 '틀리다'라고 말해 버린 케이스, 또 하나는 실제로도 '틀리다'라는 의미로 말하는 케이스. 우리는 상황마다 앞뒤 문맥을 따져서 어느 케이스인지 판단해야 한다. 문제는 '다르다'는 것을 인정하지 못하고 '틀리다'라고 인식할 때 일어난다.

지인A는 스마트폰 어플의 아이콘 우측 상단에 있는 빨간 미확인 메시지 숫자가 생기는 걸 참지 못하는 사람이다. 빨간 숫자가 뜨면 중요한 메일이든 스팸 메일이든 바로 읽어야 했다. 반대로 나는 빨간 숫자가 보여도 그다지 신경 쓰지 않는 사람이다. 특히 스팸 메일이 와도 며칠 후 한꺼번에 지우는 타입이었다. 이유는 간단하다. 귀찮으니까.

어느 날, 빨간 숫자가 100이 넘는 나의 스마트폰을 보며 지인A는 어이없다는 듯 말했다.

"어떻게 빨간 숫자를 보고도 지울 생각을 안 할 수가 있지?"
'지울 생각을 안 할 수도 있지! 우리는 다르니까!'

반대의 경우도 있었다. 지인B는 노트북 배경 화면이 거의 안 보일 정도로 폴더로 빽빽하게 채우는 사람이었다. 반대로 나는 노트북 배경 화면의 30% 이상이 폴더로 채워지면 바로 정리하는 사람이었다. 나는 지인B의 노트북을 보며 생각했다.

'폴더가 저렇게 많은데 어떻게 정리할 생각을 안 할 수가 있지?'

순간 나는 뜨끔했다. 타인이 나를 지적할 땐 '다르다'를 외치면서, 또 다른 타인의 다름은 '틀리다'라고 인식하다니…. 그 순간 나는 이중적인 잣대를 지닌 몹쓸 인간이 되어 있었다. 세상에는 참으로 다양한 사람들이 존재한다. 그날 밤 나는 깊이 반성했다.

남에게 피해를 끼치는 것도 아니고 법에 저촉되는 것도 아니라면, 빨간 숫자를 놔두든 폴더로 도배를 하든 그것은 개인의 자유다. 탕수육 소스를 부어서 먹는 사람도 정상이고 찍어 먹는 사람도 정상이다. 부먹에게 찍먹을, 찍먹에게 부먹을 강요하는 사람이 비정상이다.

누군가 나에게 '부먹이냐, 찍먹이냐?'라고 물어보면 나는 자신 있게 '안먹'이라고 대답한다. 탕수육 소스가 내 취향이 아니라 아예 안 찍어 먹는다는 뜻이다. 과연 이건 다른 걸까, 틀린 걸까?

응~그거 스팸 메일이야~
읽지 않은 메일이
하나 있어요.
읽어 주세요...
1

낡은 건물을 찾아서

서울 서부역 인근에서 작업실 생활을 하던 무렵, 작업실 근처를 산책하다가 우연히 한 건물을 발견했다. 주변 고층 빌딩에 비하면 많이 작고 낡은 건물이었으나, 오히려 그들보다 더 강렬한 위용을 자랑하고 있었다. '잠깐만, 어디서 본 적 있는 건물 같은데?' 그 건물이 현존하는 한국 최고령 주상복합으로 알려진 서소문아파트였다는 사실을 안 것은 그로부터 한참 후였다.

건축에 대해서 아는 것은 없으나, 나에게는 그저 하염없이 바라보고 싶은 건축물의 취향이 존재한다. 바로 '낡은 현대식 건물'이다. 현대식이어야 하고, 멋스럽게 낡아 있어야 하며, 현역이어야 한다.

서소문아파트는 1971년도에 지어진 건물임에도 여전히 현역이라는 점이 놀랍다. 평일 점심에는 인근의 수많은 직장인들이 한 손에 커피를 들고 그 앞을 지나는데, 그 광경이 전혀 어색하지 않고 오히려 힙하게 느껴진다. 게다가 건물 주제에 사진발도 굉장히 잘 받는다. 아마도 가로 길이가 115미터에 육박하면서 곡선 모양으로 지어졌기 때문일 것이다.

몇 주 후 이 건물 앞을 다시 지나게 되었을 때, 이번에는 건물 내부로 들어가 보았다. 옛날 건물 특유의 좁은 계단 폭과 계단 높이, 낮은 천장이 깜찍하다. 1970년대에 지어진 건물은 4층이 아예 존재하지 않는다고 들었는데, 과연 3층의 위층은 5층이었다. 예스러움을 간직하면서도 여전히 기능하고 있는 건물을 보면 감동마저 밀려온다.

수년 전, 남산 아래에 있는 회현동 제2시범아파트에 갔던 적이 있다. 1970년에 완공된 서울 근대화의 상징이자 류승완 감독의 영화 〈주먹이 운다〉의 촬영지가 되기도 했던 서울의 대표적인 시민아파트였다. 당시 위험 시설로 분류되어 철거가 확정되었다고 들어 디카를 들고 부랴부랴 찾아갔던 기억이 난다.
오래된 건물을 마주할 때는 세상의 풍파를 모두 겪은 노인을 대하는 듯한 기분이 든다. 그는 과묵하다. 굳이 입을 열지 않아도 다양한 스토리가 존재했음을 알 수 있다. 자주 인사드리러 가면 어쩌면 나한테만 옛날이야기를 하나 투척해 주실지도 모른다는 생각마저 들게 한다.

그 후로 나는 해외여행이든 국내여행이든, '내 기준에서 멋진' 건물들을 찾아다니는 게 취미가 되었다. 수십 년 간 한 자리에 우직하게 현역으로 존재하는 건물을 바라본다는 것은, 훌륭한 사람을 만나는 일만큼 기분 좋은 일이다.

서소문아파트
COFFEE
COFFEE COFFEE
찰칵!
비록 겉모습은 낡았지만
주변 고층건물들 사이에서
전혀 꿀리지 않아!
오히려 더 멋있어!!
여기가
베스트
앵글...

대중교통의 매력

대중교통은 나에게 이동 말고도 다양한 의미를 지닌 복합적인 공간이다. 나에게 대중교통은 휴식의 공간이자 사색의 공간이며, 업무의 공간이자 유희의 공간이기도 하다.

서울 지하철은 각 호선별로 뚜렷한 개성이 있어 좋다. 예를 들어 1호선은 개성 있는 캐릭터가 예고 없이 출몰하는 곳이라 탈 때마다 내심 기대가 된다. 지하철 '이용료'가 아닌 '관람료'라는 표현이 더 어울리는 공간이다. 2호선은 모든 노선의 사람들이 섞여 있어 다양한 인간 군상을 만날 수 있다. 게다가 주기적으로 지상 구간과 지하 구간이 존재하여 여러모로 지루하지 않다. 3호선은 구파발역 이후부터 마치 기차 여행을 방불케 하는 구간이 있어 좋다. 4호선은 특정 시간대 사당역과 동대문역사문화공원역 환승 구간에서 엄청난 인력이 투입된 재난 영화 속 상황 같은 기분을 느낄 수 있다. 5호선은 타 노선과 비교해 굉장히 시끄러워서, 이어폰 속 소리가 제대로 들리지 않을 때가 많다. 덕분에 잠시 이어폰을 빼고 반강제적인 사색의 시간을 얻을 수 있다.

어쩌다 미팅이 겹치고 동선이 꼬이면, 하루에 5~6개 지하철 노선을 이용하는 날이 생기기도 한다. 이런 날은 괜스레 다른 어떤 날보다 알찬 하루를 보낸 기분이 든다.

한편 서울 시내 버스는 시티 투어 버스를 이용하지 않아도 될 정도의 훌륭한 노선이 여럿 존재한다. 강남과 한남동, 남산을 거쳐 광화문과 서울역까지 섭렵할 수 있는 402번, 잠실과 코엑스와 압구정을 찍고, 한강이 보이는 길을 따라 노량진을 거쳐 여의도를 가로지를 수 있는 362번은 실속 만점이다. 특히 402번은 남산을 가볍게 올라갔다 내려오기 때문에 상황에 따라서는 꽤 멋진 경치를 관람할 수 있다. 참고로 이때 서울역 방향으로 갈 때는 왼쪽 라인, 반대의 경우 오른쪽 라인에 앉아야 한다.

나에게 이동에서 중요한 것은 목적지까지 얼마나 빠르고 편안하게 가느냐가 아니다. 시간이 좀 더 오래 걸려도 좋으니, 이동하는 동안에 어떤 예기치 못한 즐거움과 영감을 얻을 수 있느냐가 나에게는 더 중요하다. 이런 소소한 것들이 삶을 버티는 힘이 되고, 그림을 그릴 때의 자양분이 되곤 한다.

오늘도 평화로운
대한민국 지하철...
이 선풍기 커버로
말할 것 같으면...
너
몇 살이야!?
너야말로...
저 하나요!

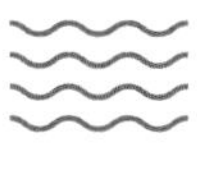

인 연

가까운 곳에 있다가 자연스레 멀어지는 인연이 있고 저 멀리 있다가 어느 순간 가까이 와 있는 인연도 있다.

억지로 붙잡는다고, 밀쳐낸다고 되는 일이 아니다.
그저 있는 그대로 받아들이기로 했다.

리액션은 나의 힘

초등학교 시절 친구와 둘이서 짧은 콩트를 만든 적이 있었다. 담임 선생님은 그런 우리가 신기해 보였는지, 하루는 학우들 앞에서 콩트를 보여 줄 자리를 마련해 주셨다. 친구와 나는 아무도 없는 복도에서 대본을 체크하고, 색종이를 오려 만든 콧수염을 붙이고 당당하게 교실로 입장했다. 지금까지의 내 인생을 통틀어서, 사람들 앞에 나서길 좋아했던 유일한 시절이었다.

그때 중요한 사실 하나를 깨달았다. 내가 사람들에게 무언가를 만들어 보여 주면 그에 따른 반응이 돌아온다는 것을, 그리고 그 반응이 바로 다음 행동을 위한 소중한 원동력이 된다는 사실을 말이다. 나는 그 후로 서너 개의 콩트를 친구들 앞에서 더 발표했고, 박수칠 때 떠나듯 은퇴하였다.

시간이 흐르고, 복귀를 하게 된 것은 대학생 때였다. 조별로 가상의 시트콤을 제작해 학기말에 발표하는 영상 실습수업을 수강한 것이다. 팀원들이 힘을 합쳐 시나리오를 썼고, 나는 그나마 그림을 그릴 줄 알았기에 스토리보드를 담당했다. 그리고 스토리보드를 그렸으니 영상 결과물에 대한 이해도가 가장 높을 것이라는 이유로 얼떨결에 연출직까지 맡게 되었다.

나는 내가 담당한 시나리오 파트에, 내가 좋아하는 고전 패러디영화 〈총알탄 사나이〉의 한 장면을 오마주하기로 했다. 그리고 영화 속에서 O.J.심슨이 당했던 것처럼, 나보다 3살 많은 선배 팀원의 얼굴에 생크림 케이크를 처박고 계단 아래로 굴러 떨어지는 장면을 넣었다. 무릎이 시려서 도저히 계단을 구를 수 없다고 간절히 애원하는 선배의 부탁에 할 수 없이 편집의 힘으로 대신했다.

우여곡절 끝에 시트콤은 무사히 완성되었고, 마지막 수업 시간에 발표회를 열었다. 한 학기 동안 기획하고 촬영하고 편집한 영상을 평가받는 시사회와도 같은 자리였다. 나는 영상 그 자체보다, 영상을 보는 학생들과 교수님의 반응을 유심히 살폈다. '이 장면은 분명 반응이 좋을거야'라고 생각했던 장면에서 관객의 웃음이 터졌고, 그동안의 고생을 한번에 보답 받는 듯한 기분이 들었다. 무언가를 만든 후 보람은 상대방의 리액션에서 온다.

지금의 나는 그때 했던 것들과 전혀 무관한 인생을 살고 있는 듯하지만, '무언가'를 만들고 상대의 반응을 살피고 있는 건 같다. 나는 내가 즐겁기 위해 그림을 그리지만, 그 그림을 완성해 주는 것은 상대방의 리액션이다. 그리고 다음 그림을 즐겁게 그리기 위한 원동력이 되어 준다.

영화 〈총알탄 사나이〉 속 한장면
범죄집단을 추격하던 형사(O.J.심슨), 그러나 오히려 악당들의 총알세례를 받는데...
탕!
탕!
탕!
깡~
뒤로 주춤하면서 파이프에 머리를 강타.
내 옷!
페인트 주의!
문짝에 기댔는데 페인트가 아직 안마름.
크헉
창틀을 짚었더니 창문이 닫히면서 손등을 강타.
철컹!
뜬금없는 생크림케익에 얼굴을 파묻음.
곰덫에 걸린 채 바다로 추락하며 끝...
대학생때 만든 영상 과제 속 한 장면
드디어 해냈어!
목적을 달성하고 기쁨의 만세를 외치는 주인공. 그러나...
선반위에 있던 머그컵을 건드리고, 그대로 머리에 낙하.
깡~
바나나껍질을 밟고 뒤로 자빠지려는 찰나...
미끄덩~
크헉
창틀에 손을 짚는데 역시나 창문이 내려와 손등을 강타.
철컹!
생크림 케이크에 얼굴을 파묻어 주고
강의실 앞 계단을 굴러떨어지며 끝...
지금보니 거의 베꼈구만...

먼지 휘날리며

평소에 우리가 손으로 가장 자주 만지는 건 무엇일까? 1위는 의심할 여지없이 스마트폰일 테고, 2위는 키보드와 마우스일 듯하다. 스마트폰과 마우스는 평소에 자주 닦고 있으니, 오랜만에 키보드 청소를 해보기로 마음먹었다.

청소하는 사람은 크게 두 가지로 나뉜다. 보이는 곳만 청소하는 사람과, 보이지 않는 곳까지 청소하는 사람. 오늘은 기꺼이 후자가 되기로 한다. 사실 편의상 청소라는 표현을 썼으나, 버튼과 버튼 사이에 무엇이 들어가 있을지 확인하는 과정이라는 표현이 더 가까울지도 모른다. 약 6개월 만에 열어 보는 타임캡슐이다.

전용 도구를 이용해 키보드 버튼을 하나씩 제거한다. 내가 원하는 내용을 완벽하게 입력하기 위하여 이렇게 많은 버튼들이 눌리고 상하 운동을 했다는 사실을, 키캡을 제거하며 비로소 깨닫는다. 그리고 이런 잡생각과 함께 버튼을 하나씩 제거하다 보면 키보드의 더러운 바닥이 차츰 모습을 드러낸다.

키보드 바닥에 깔려 있던 것들은 다름 아닌 평범한 세월의 티끌들이다. 그 티끌들은 사실 내가 키보드를 열심히 사용했다는 명백한 증거이기도 했다. 그동안 키보드로 일도 하고 친구와 대화도 하고 인터넷에 시답잖은 글도 올리며, 버튼과 버튼 사이로 세월의 흔적들을 떨궈 온 셈이었다.

제대로 된 청소 도구가 없어서, 밖으로 나가 붓으로 키보드의 작은 쓰레기와 먼지들을 날려 보낸다. 먼지는 어디에나 있다. 키보드를 다시 책상 위에 놓는 순간부터 먼지는 다시 쌓일 것이다.

아직 중요한 작업이 더 남았다. 분리한 버튼도 깨끗이 닦아야 한다. 아무리 평소에 손을 깨끗하게 유지해도, 손끝의 유분까지는 막을 수 없기 때문이다. 한꺼번에 물과 비누로 씻을까 고민하다가, 결국은 귀차니즘이 발동하여 물티슈로 하나씩 대충 닦아내기로 한다.

마지막은 버튼들을 다시 원위치시키는 작업이다. 뒷일을 생각했다면 버튼을 빼면서 위치를 알 수 있도록 가지런히 정렬해 놨겠지만, 직소 퍼즐 기분을 내기 위해 의도적으로 버튼을 모두 섞어 버렸다. 이것은 기억력과 손끝의 감각이 총동원되는 새로운 스타일의 직소퍼즐이다. 키보드 청소를 위해 버튼을 모두 제거한 사람만이 즐길 수 있다. 퍼즐을 끝내자 다시 새것과 같은 키보드가 돌아왔다.

나는 다음 청소 때까지 키보드 아래에 세월의 티끌을 저장해 놓기로 한다.

3. 보이는 곳도 잘 청소하지 않는 사람 ☑

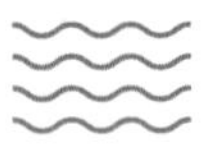

반쪽짜리 이야기

서랍 구석에서 친구들이 보낸 옛 편지가 무더기로 발견되었다. 내가 보낸 편지는 상대방에게 가 있으니 모두 반쪽짜리 이야기들이다.

친구가 쓴 글을 읽으며, 내가 뭐라고 썼을지 상상해 본다.

그래, 올라갈 때도 있고

내려갈 때도 있는 거 아니겠어?

스페이스 오디세이

연말이 가까워질 때면 자연스레 이런저런 생각이 많아진다. 나는 올해 계획했던 것들을 모두 이루었는가? 이루지 못한 것이 있다면 그 이유는 무엇일까? 아니 그 전에, 내가 연초에 무슨 계획들을 세웠더라? 자가 채점을 하기 위해 과거에 썼던 노트를 뒤져 보지만, 그 계획들을 어디에 적어 놨는지조차 기억나지 않는다.

내년에는 어떻게 살아야 할지에 대한 걱정도 빼 놓을 수 없다. 한 치 앞도 기약이 없는 프리랜서이기 때문이다. 매달 무사히

카드 값을 내기 위해, 더 나은 삶을 살기 위해 앞으로 무엇을 해야 할까? 노트를 펼치고 이것저것 생각나는 것들을 적어 보지만 사실 알고 있다. 이중 반은 지키지 못할 계획이라는 것을.

처음 계획은 거창하다. 3D 프린터를 사서 입체 작업물을 만들어야지! 올해야말로 영어 공부를 해야지! 유산소 운동과 근력 운동을 꾸준히 병행하여 건강한 몸을 유지해야지! 하지만 여전히 나는 내 컴퓨터 포맷도 할 줄 모르는 컴맹에 기계치다. 영어 실력은 나날이 줄어들고 있고, 체력 역시 해를 거듭하며 바닥을 치고 있다.

연말마다 몇 년째 지키고 있는 루틴이 있다. 故스탠리 큐브릭 감독의 고전SF 〈2001:스페이스 오디세이〉를 관람하는 것이다. 148분이라는 긴 러닝 타임 동안 인류의 탄생과 진화, 인간과 컴퓨터의 숨 막히는 사투를 믿을 수 없을 정도로 느릿하게 그린 영화다. 게다가 클라이맥스에는 지금껏 누구도 본 적 없는 스케일의 범우주적 시공간까지 보여 준다. 영화 속 모든 비주얼에 대한 설명은 생략돼 있어, 불친절의 끝을 달리는 영화이기도 하다.

굳이 연말에 이런 길고 불친절한 영화를 보는 이유는 단순하다. 영화에서 다루는 이야기의 스케일이 너무나도 거대한 나머지, 내가 하는 고민과 스트레스 따위는 작은 먼지처럼 초라하게 느껴지기 때문이다. 컴퓨터와 인간의 숨 막히는 사투를 보고 있자면 내년에 먹고 살 걱정은 걱정 축에도 끼지 못함을 깨닫게 된다. 올해 계획 좀 못 지킨 게 어때서? 우리에게는 내년이 있는데! 걱정 마! 올해는 조금 삐끗했을 뿐이야. 내년에는 잘 될 거야!

물론 제아무리 명작 영화라고 해도 여러 번 보다 보면 심심해질 때도 있다. 그럴 때에는 부담 없이 잠들면 된다. 영화의 느긋한 편집과 클래식 위주의 BGM은 때에 따라 멋진 수면제 혹은 자장가가 되기 때문이다. 올해는 영화의 리듬에 맞춰 편안히 잠들고, 내년부터 힘차게 움직이면 된다.

먼저 잠들겠습니다
감독니임~
대사가
거의 없음
자장가같은
BGM
느릿
느릿

착한 일도 타이밍

어느 날 카페에 앉아 일을 하는데, 눈앞에 형광색의 거대한 무언가가 두 번 지나갔다. 고개를 들어 보니 형광색 겨울 점퍼를 입은 두 명의 교통 의경이 보였다. 무전기와 교통정리용 플래시 봉을 들고 있는 걸 보니 아마도 저녁 러쉬 근무를 끝내고 부대 복귀까지 시간이 좀 남아 들른 모양이었다.

두 의경은 내 시야 내에 자리를 잡았다. 한 명은 여유로운 자세로 앉아 있는데 비해 또 한 명은 경직된 표정과 자세로 앉아 있는 걸 보니 둘의 계급은 차이가 나는 듯했다. 두 의경은 커피를 한 잔만 시켜 한 모금씩 사이좋게 나눠 마셨다. 군인 월급에 브랜드 커피 가격이 부담되어 반반씩 냈을까? 고참이 한 잔만 시키자고 했을까?

내가 의경으로 복무하던 시절 어머니께서 해 주신 말씀이 생각났다. 아들이 의경으로 가 있으니, 뉴스에 아무 의경이 비춰져도 다 내 아들 같다고 하셨다. 어쩌면 나도 우연히 내 시야에 들어온 의경의 모습에서 과거의 나를 떠올린 것일지도 모른다.

내가 의경으로 근무했던 당시, 시청이나 광화문으로 근무를 나가면 가끔 전혀 모르는 사람이 경찰 버스로 캔 커피나 아이스크림을 가져다주곤 했다. 그들은 하나 같이 익명으로 간식만 전달하고 자리를 떠났다. 소대원 숫자를 대략 맞춰서 가져온 걸 보니, 아마도 과거에 의경 생활을 했던 사람이 아닐까 추측할 뿐이었다. 그때 알았다. 멋진 행동을 하는 사람들은 대체로 자기 신분을 밝히지 않는다.

나는 아이스크림을 흡입하며 생각했다. '나도 제대 후에 우연히 후배들을 만나면 꼭 익명으로 뭐라도 사 줘야지!'

하지만 공교롭게도 그런 기회는 흔하지 않았다. 대규모 집회 현장에서 내가 나온 부대 경찰 버스를 우연히 발견하는 것도 쉽지 않으며, 의도적으로 찾는다고 하여 찾아지는 것도 아니었기 때문이다. 운 좋게 경찰 버스를 찾았으나, 주머니 사정이 여의치 않아 실행에 옮기지 못한 적도 있었다.

아쉬운 기억을 지니고 있어서 그런지, 지금 내 시야 앞에서 커피 한 잔을 나눠 마시는 두 의경에게 뭔가 해 주고 싶어졌다. 하지만 어떻게? 커피 한 잔을 더 시켜 줘야 할까? 단 음식을 원하는 몸일 테니 조각 케이크를 사 줘야 할까? 아니면 부대에 복귀해서 먹을 수 있게끔 포장된 음식을 주는 게 맞을까? 부대에 복귀해서 고참에게 뺏기면 어쩌지?

이런 잡생각을 하는 사이, 의경의 어깨에 붙은 무전기가 울렸다. 복귀하라는 신호인 듯했다. 그들은 모자로 눌린 앞머리를 다시 교통모로 가린 채 황급히 카페를 빠져나갔다. 내 눈앞에 두 형광색 겨울 점퍼가 지나간 지 불과 15분만의 일이었다.

결단력 부족으로 타이밍을 놓친 스스로를 반성하면서 다음에는 기필코 성공하리라 마음먹었다.

아실래?
먼저 드시지 말입니다
20대..
남성..
Google
아~ 뭐라도 사주고 싶다!
그런데 무엇을 사줘야 좋아할까?
어떻게 전달해야 자연스러울까?

딴짓
좀 해보겠습니다

어느 더운 날, 무언가에 홀린 듯 핀 버튼(핀 배지) 제작기라는 물건을 샀다.

처음에는 '내 그림이 들어간 핀 버튼을 직접 만들어서 에코백에 달고 다녀야지'라는 단순한 생각이었다. 제작기는 개인이 구매하기에는 살짝 고가의 제품이라, 서울 외곽 어느 한가한 역까지 가서 중고 거래로 손에 넣었다. 나름 튼실한 고철 덩어리라, 작업실까지 가져오는데 땀을 한바가지 흘렸다.

핀 버튼의 제작 원리는 의외로 단순했다. 기본 금속재료 2개를 차례로 올려놓고, 그 위에 그림이 인쇄된 종이와 코팅 필름을 올린 후 프레스로 두 번 눌러주기만 하면 된다. 대충 그린 허접한 그림이라도 코팅이 되고 실용성까지 갖춰지니 대체로 그럴싸해 보이는 마법이 펼쳐졌다. 나는 한동안 본업을 잊고 핀 버튼 장인, 핀 버튼 공장장이 되었다.

나는 내 손으로 직접 무언가를 만들어낸다는 행위에 흥미를 느꼈다. 그리고 더 나아가, 그렇게 만든 핀 버튼을 직접 달고 다니는 행위에 관심이 생겼다. 일반적인 경우는 대체로 여기서 '판매'를 떠올리지만, 나는 되도록이면 '판매'는 하고 싶지 않았다. 돈이 들어오면 물론 행복하겠지만, 돈이 오가는 만큼 일정 수준 이상의 완성도를 보장해야 한다는 부담감이 싫었다. 어디까지나 내 맘대로 하는 '놀이' 혹은 '딴짓'으로 일관하고 싶었다.

"나의 전시를 보러와 주신 분들을 위해 핀 버튼을 만드는 건 어떨까?"

당시 나는 서울 신촌 인근에서 전시를 준비 중이었는데, 문득 그런 생각이 떠올랐다. 나는 갤러리 구석에 책상과 의자를 놓고, 작가가 작업실에 있듯이 매일 일정 시간 상주하기로 했다. 손님이 오시면 원하시는 분들에 한해 즉석으로 얼굴 그림이 들어간 핀 버튼을 만들어 드렸다.

나는 딱히 캐리커처 전문 그림쟁이도 아니고, 단순한 사람 얼굴을 그릴 뿐이었다. 하지만 어쨌거나 전시회에 와 주신 분들을 위한 나쁘지 않은 보답이 된 것 같아 뿌듯했다. 핀 버튼을 제조하는 동안 자연스럽게 대화와 의견을 들을 수 있었던 건 덤이었다.

그 후로도 전시나 강연이 있으면 거의 매회 이벤트로 핀 버튼을 만들었다. 즉석으로 그릴 여건이 안 되면, 미리 멋대로 이것저것 그려 와서 선착순으로 뿌리거나 전시장 이곳저곳에 보물찾기처럼 숨겨 놓았다. 내가 내 돈 들여서 나 좋자고 하는 건데, 받는 분들도 즐거우면 더 좋지 아니한가. 내가 직접 만든 핀 버튼이, 사람들과 나를 이어주는 매개체가 되어 주었다.

지금껏 셀 수 없을 정도의 핀 버튼을 만들었지만, 그중 가장 기억에 남는 건 나의 아버지를 위해 만든 핀 버튼이다. 어느 날 아들이 신기한 걸 만들어 뿌리고 있는 모습을 보시더니, 뭔지 몰라도 자기도 하나 가지고 싶다고 하셨다. 나는 아버지가 가장 깔끔하게 정장을 입으신 사진을 골라 최대한 닮게 그려 드렸다. 그 핀 버튼은 비록 남들처럼 에코백이나 백팩에 달리지는 못했지만, 부모님 집 거실 장식장 가장 좋은 자리에 조심스레 세워져 있다.

취미는 핀버튼 만들기입니다.

어쩌다 보니 15년

친구A와의 만남은 기묘했다. 나와 친구 둘 다 오사카에 있는 모 고등학교를 다녔으나, 다른 시기에 다녔기에 서로 만난 적은 없다. 오히려 입시 학원에서 만나 친해졌으니 '학원 친구'라고 보는 게 맞을 것이다.

당시 나는 학창 시절 겨우 익혔던 일본어를 입시 공부로 인해 잊어버리는 것에 두려움을 지니고 있었다. 그러던 중, 일어로 된 원서를 항상 손에 쥐고 다니던 친구A의 모습을 보고 나와 비슷한 무언가를 느꼈다. 우리는 서로 다른 대학에 진학했지만, 일본어를 매개체로 계속 교류했다.

가끔 "어쩌다가 팟캐스트를 시작하게 되었나요?"라는 질문을 받는데, 그 '어쩌다가'가 바로 지금 등장한다. 어느 날 나는 일본어로 된 만담을 짜서 오프라인 일본어 교류 카페에 올리자고 친구A에게 제안했다. (대체 왜 그런 생각을 했는지는 기억이 나지 않는다) 그러자 친구A는 그러지 말고 우리의 수다를 녹음해서 인터넷에 올리자고 역제안을 했다.

처음에는 시시콜콜한 잡담이나 좋아하는 영화 이야기를 일본어로 떠들고 그것을 녹음해 올리는 방식이었다. 언어라는 것은 쓰지 않으면 휘발된다는 사실을 알았기에, 오로지 목적은 '외국어를 잊지 않기 위해 열심히 지껄이는 것'에 두었다.

뭐든 꾸준히 하다 보면 누군가는 발걸음을 멈추기 마련이다. 정체 모를 두 남자가 떠드는 채널을 어떻게 발견했는지, 청취자가 조금씩 늘어나기 시작했다. 우리는 청취자의 사연과 의견을 받기 시작했고, 급기야 오프라인 모임을 열어 몇몇 청취자들과 교류하게 되었다. 지극히 개인적인 목적으로 시작한 행동이었지만, 덕분에 깨달은 게 몇 가지 있다. 세상에는 잘 보이지 않을 뿐 나와 비슷한 부류의 사람들이 분명히 있다는 것, 그리고 그들은 알게 모르게 서로 연결되고 싶어 한다는 것이다.

나의 행동과 발언이 누군가에게 큰 영향을 줄 수 있다는 것도 이때 알았다. 한 청취자는 일본어와 전혀 인연 없는 사람이었는데, 우연히 방송을 듣고 이 둘이 대체 무슨 소리를 지껄이는지 알고 싶어졌다고 한다. 그리고 그때부터 일본어 공부를 시작, 결국 일본어 번역가가 되었다고 메일을 보내왔다. 선한 영향력이란 바로 이런 때 쓰는 말이 아닐까.

온라인으로도 누군가와 연결될 수 있다는 점, 그리고 위에서 언급한 식의 소소하고 훈훈한 에피소드들이 나를 꾸준하게 만들었다. 그래서 친구A가 취업으로 인해 결국 이 세계를 떠난 후에도, 나는 다른 친구를 꼬드겨 이번에는 한국어로 하는 팟캐스트를 만들었다. 그리고 팟캐스트를 하며 알게 된 사람들과 또 다른 팟캐스트를 만들었다. 이런 식으로 나는 처음과 같은 마음으로 15년째 팟캐스트를 만들고 있다.

만약 친구A가 나에게 팟캐스트를 제안하지 않았다면, 현재 나의 여가 생활과 인간관계는 크게 달라졌을 것이다. 그로 인해 수많은 소중한 인연들을 만나지 못했을 거라 생각하면 조금 오싹해진다. 4년 8개월간 나랑 팟캐스트를 진행하고 평범한 직장인 신분으로 돌아간 친구A는, 어쩌면 10년이 지난 지금까지도 나에게 큰 영향을 끼치고 있는 셈이다.

'팟캐스트'라는 단어조차 생소하던 시절이 있었는데,
지금은...
으잉?! 녹음실이 만석!?
CAM01
CAM02
CAM03
CAM04
CAM04
CAM05
주말에는 일찍
예약하셔야 해요...
카운터

그의 소원을 이뤄 주세요!

뭐지? 나만 혼자 뒤쳐진 듯한 이 느낌은.

3장
오케이!
계획대로 안되고 있어

AM 1:00
깔깔깔!
유튜브
시청중

AM 3:00
소재고갈...
뭐 먹고
살지
나의
미래는?

AM5:00
※정지화면아님

AM 7:00
오 이런...

멍하니 타임

요즘 부쩍 멍하니 앉아 있는 시간이 늘었다.

멍하니 타임은 주로 심야에 찾아온다. 프리랜서의 공통된 고민인 '내년에 뭐 먹고 살지?'에 대한 생각을 하염없이 하다가, 뚜렷한 해결책을 찾아내지 못한 채 자연스레 멍하니 타임으로 넘어간다.

나는 멍하니 타임에 들기 전, 방에 있는 전등을 다 끈다. 너무 어둡다 싶으면 책상 위 모니터를 켜고 검은색 이미지를 전체

화면으로 띄워 놓는다. 내 낡은 모니터는 검은색을 띄워도 내 눈에는 은은한 빛을 내는 짙은 회색으로 보이는데, 개인적으로 꽤나 마음에 드는 조명이다.

굳이 모니터를 켜지 않아도 된다. 전등을 다 끄면 의외로 창밖 밤 풍경이 상대적으로 밝게 느껴지며 은은한 조명으로 탈바꿈하기 때문이다. 마치 오랜 친구의 새로운 면을 알게 된 느낌이랄까. '짜식, 그동안 어둡기만 한 녀석인 줄 알았는데, 의외로 밝은 구석도 있었구나!'

창밖을 보니, 이 시간에 빛을 내뿜는 존재들은 의외로 많다. 멀리 보이는 아파트 불빛, 이따금씩 지나가는 자동차 불빛, 그리고 가끔은 달빛까지. 살아 있음을 증명하는 작은 빛들이 모이고 모여서 내 작은 방 안을 비추어 준다. 덕분에 나는 잠시나마 혼자가 아님을 느낀다.

생각해 보면 그렇다. 나는 혼자 일하고 싶어서 스스로 프리랜서 일러스트레이터라는 직업을 택했으나, 결국 이것도 많은 사람들의 도움이 있기에 이어 갈 수 있는 직업이다. 일거리를 주는 사람이 없었다면, 클라이언트와 나 사이에서 슬기롭게 업무를 조율해 주는 사람이 없었다면 나는 벌써 몇 년 전에 굶어 죽었을 것이다.

업무에만 해당되는 이야기가 아니다. 잘 다니던 회사를 그만뒀다고 했을 때 한 치의 주저도 없이 '잘 그만 뒀어!'라고 해 준 사람들. 혹시나 내가 밥을 굶을까 봐 걱정했는지 '배고프면 사무실로 놀러 와!'라고 해 준 사람들. 첫 개인전 준비 자금을 크라우드 펀딩으로 마련했을 때 십시일반으로 도와준 사람들. 내가 쓴 책이 나왔을 때 인증 샷을 찍어서 보내 준 사람들. 모두 내가 혼자 잘 일할 수 있도록 도와준 사람들이다.

결국 '내년에 뭐 먹고 살지?'보다 더 필요한 고민은 '나를 도와주는 사람들에게 어떻게 보답하면 좋을까?'가 되어야 하지 싶다. 생각이 여기까지 미치면 나도 모르게 바른 자세로 고쳐 앉게 된다. 그리고 멍하니 타임은 끝나 있다.

참 다행이다.
김치 싸대기!!
K-막장!
오렌지주스 뱉기!!
예나, 선정이 딸이에요!
쪼르르...
프로포즈 직전에
자동차와 함께 폭발!!
쾅!
으아아!
저들에 비하면 비록 심심한 인생이지만
으허어어~
한편으로는 그래서 다행이라는 생각이 든다...

취향을
들키고 싶지 않아

스티븐 스필버그 감독의 SF 영화 〈마이너리티 리포트〉의 배경은 2054년 근미래다. 길거리 곳곳마다 홍채 인식 센서가 달려 있고, 지나가는 사람들의 위치 정보가 모조리 다 기록된다. 심지어 길거리 간판 광고는 행인의 개인정보를 인식해 실명으로 호객 행위를 한다.

영화의 실감나는 오싹한 설정에 나는 오지도 않은 미래를 상상하며 불안에 떨었다. '설마 실제로 저런 세상이 오는 건 아니겠지?'

그리고 영화를 본 날로부터 약 20년이 흘렀다.

실시간 보행자 홍채인식은 아직이지만, 나의 개인정보는 이미 공공재가 되어 버린 지 오래다. 길거리 광고판이 나에게 말을 거는 수준은 아니지만, 인터넷 창을 열면 별반 다르지 않은 일이 눈앞에서 쉬지 않고 벌어진다. 스마트폰에는 성능 좋은 귀가 달려 있어서, 나와 친구가 나눈 대화 내용을 잘 기억했다가 유튜브 메인 페이지 동영상에 은근슬쩍 끼워 넣는다. 여기서 중요한 건 '은근슬쩍'이다. 안 듣는 척 하면서 실은 다 듣고 있다. 요망한 녀석 같으니라고.

나는 어려서부터 사생활 침해에 무척 민감한 아이였다. 방문은 항상 닫아 두었고, 자물쇠가 달린 일기장을 갖고 싶어 했다. 시간이 흘러 싸이월드에 빠졌을 때도, 타인이 나의 행동 패턴과 위치 정보를 추측할 수 있는 사진이나 글은 절대로 올리지 않았다. 딱히 들키면 안 되는 특이한 취향을 지닌 건 아니었으나, 나의 개인적인 취향과 행동 양식은 웬만하면 드러내지 않으려 했고, 인터넷이 발달하기 전까지 꽤 성공적으로 보호할 수 있었다.

하지만 지금은 사정이 완전히 다르다. 포털 서비스, SNS, 각종 스트리밍 서비스들이 나보다도 내 취향을 더 잘 안다. 게다가 나에 대해 지나치게 아는 척을 한다. 친한 친구한테 내 취향을 간파당하는 것도 썩 유쾌하지 않은데, 형체도 없는 알고리즘과 인공지능에게 내 취향을 속수무책으로 들키고 있다.

나는 내가 생각하는 '자유'에 근접해 보고자 나름의 방안을 강구했다. OTT 서비스는 다른 사람들과 아이디를 공유해 사용했고, 쇼핑 품목으로 내 취향을 알기 어렵도록 다양한 쇼핑몰을 이용했다. 일부러 관심 없는 내용을 검색해 데이터베이스를 교란시키고자 했다. 그러다 가끔 엉뚱한 영상이 추천으로 뜨면 내 작전이 아주 조금은 먹혀들었다고 생각했다.

물론 내가 지금 이렇게 발버둥을 친다 해도, 날로 고도화되는 인공지능은 이미 내 머리 꼭대기에 있을 것이다. 그래도 나는 끊임없이 도전할 것이다. "당신의 취향은 당최 알 수가 없다, 휴먼"이라는 소리를 듣는 그날까지!

후후 이 정도면
내 취향을 들키진 않겠지?
댓츠 노노
그렇지 않다 휴먼.

종이컵이란 무엇인가

나는 어렸을 때부터 미국 액션 영화 속에 나오는 폭발이나 파괴 장면들을 유독 좋아했다. 혹자는 내가 이런 취향 때문에 커서 사이코패스 범죄자가 될지도 모른다는 막말을 하기도 했다. 그러나 그의 예상은 틀렸다. 왜냐하면 나는 범법 행위에는 전혀 관심이 없는 소심한 일반인이기 때문이다. 나는 파괴하는 것을 좋아하지만, 실은 파괴하는 것 이상으로 창조하는 것도 좋아한다.

나름 분석해 본 결과, 나는 어떤 특정한 사물이 다른 것으로 변하는 순간에 관심이 있음을 알게 됐다. 예를 들어 한 덩어리의 점토가 입체 예술 작업으로 변하는 순간이나, 오두막이 해체되어 나무판자 더미가 되는 순간 같은 것 말이다. 여기서 의문이 생겼다. 어느 순간까지 '점토 덩어리'라고 말할 수 있을까? 어느 순간부터 '나무판자'라고 부를 수 있는 것일까?

종이컵이라는 재료에 꽂혀서 닥치는 대로 종이컵에 그림을 그릴 때에도 동일한 의문이 들었다. 무릇 종이컵이란 액체를 담기 위해 만들어졌는데, 액체를 담을 수 없도록 옆으로 눕혀 놓으면 과연 이것은 종이컵일까? 만약 커다란 구멍이 뚫려 있으면, 이것을 종이컵이라고 말할 수 있을까? '종이컵'과 '종이컵이 아닌 것'의 경계는 과연 어디일까? 이후 이 고민들은 종이컵에 드로잉 작업을 할 때마다 중요한 테마가 되었다.

당연하듯 그냥 지나쳤던 사물들을 한 번 유심히 바라보자. 당연하게 생각하던 것들도 나만의 시각으로 새롭게 바라보면, 무언가 재미있는 발견을 하게 될지도 모른다.

어디까지가 '종이컵'일까?
①
평범하게 서있는 종이컵
②
비참히 구겨진 종이컵
③
누워 있는 종이컵
④
이 부분이 구멍
구멍을 뚫어 버린 종이컵
⑤
잘라낸 부분을 바깥으로 접은 종이컵
⑥
눕인 다음 바깥으로 접은 종이컵
⑦
안쪽 면에도 그림을 그린 종이컵
⑧
컵 뚜껑까지 활용한 종이컵
⑨
그림을 제외하고는 전부 다 도려내 버린 종이컵

한바탕 신나게 놀고 나면,

내 안에 쌓여 있던 많은 것들이 사라져 있을 거예요.

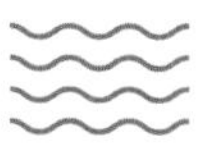

제가 잠시
눈이 멀었습니다

홈페이지 제작 관련하여 작은 사기에 가까운 영업을 당한 적이 있다. 홈페이지를 만들어 관리하고 포털사이트 상위에도 올려 주겠다며 예술가의 코 묻은 돈을 뜯어 간 일이다.

그렇게 탄생한 조악하고 느려 터진 홈페이지는 결국 2년간 방대한 웹의 한 구석에 처박혀 있다가 쥐도 새도 모르게 사라졌다. 지금 생각해 보면, 이것은 마치 사기꾼과 컴맹이 협업하여 만든 조잡한 현대 미술과도 같았다.

그 일이 있기 전까지 나는 "과연 쥐뿔도 없는 나한테서 뜯어낼 게 있을까?"라고 생각하며 살았다. 그런데 그러한 나에게도 얼마든지 뜯어낼 건 있었고, 뜯어내려는 사람 역시 의외로 많았다.

하지만 내가 우선적으로 조심해야 할 것은 '나의 욕망' 그 자체였다. 제대로 된 콘텐츠도 없으면서, 많은 사람이 방문하는 그럴싸한 홈페이지를 갖고 싶다는 욕망 말이다. 과도한 욕망은 이윽고 돈 냄새 맡은 사람들을 끌어들이게 된다.

사실 어찌할 도리도 없었지만, 나는 이 사건을 가만히 놔두기로 했다. 대신에 내가 잠시 눈이 멀어 스스로 바보 같은 짓을 했다는 사실을 항상 기억하기로 했다. 수업료라고 생각하면 아주 나쁘지는 않았다. 재수강만 하지 않으면 된다.

별일 없이 산다

내 인생은 참으로 일관성이 없었다. 꾸준히 일관성이 없다는 점에서는 일관성이 있다고 생각해야 할까?

나는 영화계 혹은 영상 업계에 들어가고 싶어 대학교 신문방송학과에 들어갔다. 학점과 맞바꾼 장편 영화 시나리오를 한 편 완성했으나 공모전에서 시원하게 탈락했다. 캠코더와 영상 편집용 컴퓨터 한번 제대로 만져 보지도 못한 채 겨우 졸업했다. 어쩌다 보니 가전제품 제조업체에 취직해 영업 지원 업무를 했고, 경력을 인정해 준다는 2년을 채우기 직전에 사표를 썼다. '나가서 뭐하고 살 거냐?'라는 상사의 질문에 '이 일만 아니면 됩니다'라는 건방진 답변을 했다. 퇴사 후 몇 번의 시행착오 끝에 지금은 그림을 그리고 있다.

회사를 그만두었을 때, 어쩌면 나 이상으로 큰 반응을 보여준 건 주변 동료 혹은 입사 동기들이었다. 그동안의 경력도 인정받지 못한 채, 이직도 아니고 퇴직을 한다는 건 일반적인 사고방식으로는 있을 수 없는 일이었다. 그림을 그리겠다고 했을 때는 반응이 더 격렬했다. 전 직장과 아무런 상관없는 업종인 데다, 동서고금 막론하고 그림쟁이란 대표적인 배고픈 직업 아니던가.

가끔씩 술자리에 참석하면 그들은 나에게 항상 '조심스럽게' 질문하곤 했다. '회사 안다니니까 어때?' '먹고 사는 문제는 괜찮니?' 이제 그림을 배워서 그림쟁이가 되겠다고 했을 뿐인데, 그들은 나를 '김 작가'라고 불렀다. 술을 다 마시고 나갈 때는 내 지갑도 못 꺼내게 했다. 같은 시기에 커리어를 시작한 사람의 입장에서, 완전히 새로운 세상으로 떠나는 나를 최대한 걱정해 주고 배려해 준 것이었다.

이들의 응원 덕분인지 나는 지금까지 아주 큰 어려움 없이 잘 살고 있다. 보통 이런 경우 글의 흐름상 바닥을 찍고 지옥을 경험하는 전개가 나와야 하는데 그렇지 않다.

회사는 다니지 않지만 매일 정해진 시간에 작업실로 출근하며, 일이 없을 땐 스스로 일을 만들며 산다. 어차피 일관성이 없던 인생이기에, 갑작스럽게 바뀐 생활에도 무리 없이 적응할 수 있었던 게 아닐까 싶다. 그저 남들이 뛰지 않는 낯선 트랙에서, 지치지 않을 정도의 페이스로 꾸준히 뛸 뿐이다.

오랜만에 한 입사 동기한테 연락이 왔다. 나와 못지않게 일관성 없이 럭비공 같은 경력을 쌓은 친구였고, 여러 직업을 경험한 끝에 주유소 사장님이 되었다고 한다. 그 얘기를 듣고 나니, 내가 그림을 그린다고 했을 때 동료들이 왜 걱정했는지 알 것 같았다. 하지만 나는 걱정하지 않기로 했다. 이 친구 역시 별일 없이 잘 살 것이라는 확신이 들었기 때문이다.

내 주변의 갑작스레 환경이 바뀐 지인들도 결국 어떻게든 별일 없이 잘 산다. 물론 말 못할 고민이 아예 없지는 않았겠지만, 나는 그저 새로운 길을 걷게 된 사람을 응원해 주고 배려해 주면 된다. 내 동료들이 나에게 해 주었던 것처럼 말이다.

당신도, 나도. 우리는 별일 없이 잘 살 것이다.

너무 별일 없잖아?
굶어죽기
딱 좋겠구만!
포기하면
편해~
회사 밖은
지옥이라구!

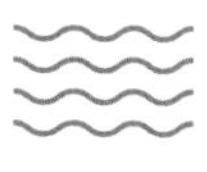

프리랜서의 하루

아무것도 하지 않은 날이 있었다. 밤늦게까지 일을 한 다음 날이었다. 생산 활동은 물론 일상적으로 하던 평범한 일조차도 일절 하지 않았다. 그저 멍하니 누워 시답잖은 인터넷 게시물들을 조금 보았을 뿐이다.

고개를 들어 보니 어느새 하루가 뉘엿뉘엿 지고 있

었다. 내가 빈둥거려도 하루는 문제없이 돌아간다. 살다 보면 이런 날도 있는 거지.

내일 두 배로 열심히 살기로 마음먹으며, 오늘은 마지막까지 격렬하게 빈둥거리기로 한다.

나는 환경 파괴의 주범인가요?

어느 봄날, 테헤란로를 걷고 있던 나는 어느 건물 앞 화단에 멈춰 섰다. 예식장에 온 하객들이 자판기 커피를 마시며 담배를 피우는 공간이었는데, 그곳엔 내가 디자인한 종이컵이 담배꽁초와 함께 화단 위에 지저분하게 버려져 있었다.

종이컵에 그림을 그리기 시작하고 처음으로 받은 개인 외주 작업을 기억한다. 모 게임 사이트의 URL이 인쇄된 종이컵은 전국 PC방의 커피 자판기에 들어갔다. 첫 작업이라는 점에서 매우 의미가 크지만, 평소에 PC방을 안 가기 때문에 내 종이컵이 PC방에서 어떻게 비춰졌는지 지금으로선 알 수 없다.

예식장 앞에서 본 문제의 종이컵은 그보다 훨씬 더 스케일 큰 작업이었다. 유명한 인터넷 쇼핑몰에서 독점으로 판매되는 종이컵이었고, 업계 최저가라 자판기에는 물론이고 다양한 장소에서 사랑받는 스테디셀러였다. 비록 손바닥보다 작은 자판기용 종이컵 그림이지만, 이 종이컵을 통해서 내 그림이 더 넓게 뻗어 나가면 좋겠다고 막연히 생각했다.

식당이나 다양한 장소에서 내 그림이 인쇄된 종이컵을 발견했다는 지인들의 제보가 이어졌고, 조금씩 내 그림이 퍼져 나가고 있다는 생각에 뿌듯함을 느꼈다. 그러나 밝은 부분이 있으면 어두운 부분도 있는 법, 내가 예식장 앞에서 본 종이컵은, 종이컵이 보여줄 수 있는 가장 더러운 모습을 하고 있었다.

나는 그동안 일회용품과 관련된 환경 문제에 대해 딱히 주장을 내세우지 않은 채 살아왔다. 왜냐하면 종이컵에 작업한다는 콘셉트를 가지고 있으면서 환경 문제를 논한다는 게, 누군가에게는 앞뒤가 안 맞아 보일 수도 있기 때문이다. 일부 사람들의 주장에 의하면 나는 영락없이 환경 파괴의 주범이다. 실제 비판의 쪽지도 여러 번 받았지만, 나는 그저 종이컵을 캔버스 삼아 다양한 작품을 만들 뿐이라고 생각해 왔다. 내가 하는 일이 환경을 위한 길인지 위하지 않은 길인지는 각자 판단할 문제라고 생각했다.

하지만 예식장 앞 종이컵을 본 이후로 생각이 조금 바뀌었다. 대량 생산되는 종이컵이 있다면, 나 역시 환경 문제에서 자유로울 수 없기 때문이다. 환경을 생각하자면 종이컵은 앞으로 줄여 나가야 할 존재임은 분명했다.

요새는 특별한 경우를 제외하고, 단순히 내 그림이 들어간 종이컵을 대량 생산하는 의뢰는 정중히 거절하고 있다. 이제는 내 그림이 인쇄된 종이컵들이 널리 퍼지는 것에는 관심 없다. 내 관심사는 어떤 그림이 그려진 종이컵이던지 조금씩 숫자가 줄어드는 것이다. 언젠가 종이컵에 종말이 온대도 괜찮다. 그때는 눈에 불을 켜고 다른 캔버스를 찾으면 된다.

대충 이렇게 생긴 종이컵을 발견하시면
"아~이게 그거구나!" 하시면 됩니다.

일주일치
행복을 사는 법

해외로 여행 갈 일이 생길 때마다 친구A는 나에게 돈을 몇 푼 쥐어 준다. 타국에서 몸조심하고 맛있는 음식 하나 더 챙겨 먹으라는 이유면 좋겠지만 그게 아니다. 외국 현지에서 복권을 사와 달라는 뜻이다. 당첨금이 가장 높은 녀석으로 말이다.

한국에서도 복권을 구매한 적이 거의 없던 나에게 외국 복권을 구매하는 일은 재미있는 경험이다. 지도 앱에서 가까운 복권 판매점을 찾는 재미도 있고, 복권 사는 방법도 제각기 달라서 연구하는 재미도 쏠쏠하다. 복권을 구매할 때는 추첨일을 잘 확인해야 한다. 추첨일 당일에 두근거리며 당첨 번호를 확인하는 건 나의 몫이 아닌 친구 몫이기 때문에 무조건 추첨일 전에 복권을 전달해야 한다.

나는 친구에게 복권을 건네며 진지한 표정으로 이렇게 말했다. "이 복권이 당첨되기를 진심으로 바라. 하지만 만약 당첨된다 해도 네 당첨 사실을 절대 나에게 알리지 마. 그것이 우리의 우정을 유지하는 유일한 길이야. 만약 감사의 표시를 정하고 싶다면 시간이 좀 지난 후에 마치 다른 일에 대한 감사인 척 은근슬쩍 해 줘."

내가 이런 얘기를 진지한 표정으로 하는 이유는 간단하다. 정말로 복권이 당첨된다 해도 친구가 그 사실을 감췄으면 하고, 나도 굳이 알고 싶지 않다. 돈 앞에서 내가 어떤 야비하고 치사한 놈으로 변할지 나도 모르기 때문이다. 다행스럽게도 지금까지 서너 번 복권 셔틀을 뛰었는데, 여전히 나는 그의 당첨 여부를 모른다.

또 다른 친구B는 매주 복권을 구매했다. 언젠가 그는 로또 당첨 번호를 확인한 직후에 작게 혼잣말을 내뱉었다. "아, 일주일 동안 행복했다!"

아마도 그는 '당첨금 받으면 뭐부터 살까?' '당첨 사실을 누구한테까지 알릴까?'와 같은 행복한 상상을 하며 한 주를 버텨왔으리라. 망상이야 공짜로도 얼마든지 할 수 있다. 하지만 돈을 지불하고 손에 로또 용지가 쥐어지면 어쩌면 1등이 당첨될지도 모른다는 상상은 힘을 얻는다. 친구B는 복권이 아닌, 한 주를 버틸 소소한 행복을 산 것이다.

어쩌면 외국에서 복권을 사와 달라고 부탁했던 친구A도 비슷한 생각이었을지도 모른다. "그래, 외국 복권이 당첨되었다고 치자. 그 다음엔 어떻게 하려고?" 나의 질문에 그는 케이퍼 무비의 초반 범행 계획 브리핑 씬을 방불케 하는 자신의 향후 계획을 거침없이 쏟아냈다. 그 계획은 너무나 어렵고 복잡해서 듣자마자 바로 잊어버리고 말았지만, 그가 복권 당첨을 간절히 바라는 마음과는 별개로 당첨 후 계획 세우기 자체를 즐기고 있다는 것은 분명했다.

그리고 어느새 나도 행복한 상상에 동참하고 있었다. 어느 날 갑자기 연락이 두절된 친구와 '짜식, 기어이 당첨되었구나!' 하며 코끝이 찡해지는 나. 수 개월 후, 해외 우표가 붙은 엽서가 도착한다. 안부 인사 따위 없이 엽서 뒷면에는 우리 집 뒷산 좌표가 적혀 있다. 잠깐만, 집에 삽이 있던가? 호미라도 사다 놔야겠다.

흔히 '행복은 돈으로 살 수 없다'고 한다. 정말 돈으로 행복을 살 수 있는지 없는지는 모르겠으나, 적은 돈으로 소소한 행복을 증폭시킬 수는 있지 않을까?🥃

꽝이란, 당첨으로 한 발짝 더
다가갔다는 증거지!
That's Life!
삐빅! 쓰레기
무단 투기!

많은 날에 두 눈을 질끈 감고 싶을 정도로 힘들고 괴롭지만,

때로 웃기도 하는 것.

이게 삶이에요.

쓸데없는 짓 챌린지

취미 삼아 한강 다리를 걸어서 건너던 때가 있었다.

물론 처음부터 취미로 건넌 것은 아니었다. 친구들과 이태원 언저리에서 밤늦게까지 술을 마신 후, 술도 깰 겸 우연히 한남대교를 건넌 게 그 시작이었다. '어랏? 의외로 걸어갈 만한데?' 그 후로 여유가 있고 강을 건너갈 명분이 생기면 못 건너본 한강 다리 위주로 골라 걷기 시작했다.

예를 들어 삼성동에서 볼일을 보고 건대입구로 넘어가야 하는 상황이면, 이동 시간을 넉넉하게 잡고 영동대교를 걸어서 건너가는 식이었다. 한강을 걸어왔다고 하면, 열에 아홉은 '왜 쓸데없이 그런 짓을 하느냐?'라는 반응을 보인다. 그럼 나는 이렇게 반박할 수밖에 없다. '쓸데없는 짓 좀 하면 안 되냐?'

한강 다리의 길이는 대체로 혼자 천천히 걷기에 딱 적당하다. 잠시 멈춰 서서 사진도 찍고, 풍경도 감상하면서 걷다 보면 딱 적당한 타이밍에 도착한다는 뜻이다. 좋지 않은 생각으로 다리에 온 사람들을 위한 희망의 메시지가 군데군데 적혀 있는 다리도 있고, 중간 지점에 벤치와 함께 포토 존을 꾸며 놓은 다리도 있어 지루하지 않다.

대체로 다리를 건널 때마다 서너 명의 사람과 마주친다. 서울에서 이런 쓸데없는 짓 하는 사람이 나 말고도 더 존재한다는 사실에 일단 놀란다. 잘 안 알려진 여행지에서 한국인 관광객을 마주친 것처럼, 의식하는 것도 안하는 것도 아닌 느낌으로 스쳐 지나간다. 어떨 때는 등 뒤로 싸한 느낌이 들기도 하는데, 혹여 좋지 않은 마음으로 다리에 온 사람이 아닌지 자주 뒤를 돌아보기도 한다. 그 사람이 작은 점으로 보일 정도로 멀어지고 나서야 비로소 안도의 한숨을 쉰다.

내가 생각하는 걷기의 매력은 '언제든 멈출 수 있다'는 데에 있다. 세상에는 편리한 이동 수단이 여럿 존재하지만, 내가 원하는 정확한 지점에서 멈출 수 있는 이동 수단은 많지 않다. 하물며 다리 위에서는 어떤가. 수많은 차량들이 '직진'밖에 할 수 없는 공간에서, 오로지 나 혼자만이 멈출 수 있고 마음껏 사색할 수 있다. 다들 자기 갈 길 가느라 바쁜데 혼자 느긋하게 멈춰 있던 나의 모습과도 닮아 있다.

참고로 한강 다리를 무사히 끝까지 건넜다고 나에게 특별히 주어지는 건 없다. 굳이 얻는 게 있다면 다량의 매연 정도다. 그리고 남들이 굳이 가지 않는 지점에서 본 서울의 풍경을 느긋하게 간직할 수 있다. 한강 다리를 걸어서 건넌 자만이 얻을 수 있는 풍경이다.

가끔 '쓸데없는 짓'을 하고 싶어진다면, 한강 다리를 건너 보자. 언젠가 '쓸데 있는 짓'이 될지도 모를 일이다.

저사람 뭔가 수상해...
무슨일 생기면 내가 막아야겠어...

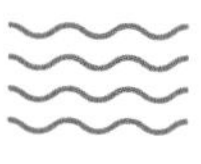

무심코 놓쳐 온 것들

이어폰을 깜빡 잊고 외출한 날,
나는 그동안 수많은 소리를 놓치며 살아왔음을 깨닫는다.

사람들의 이야기 소리
바람에 흔들리는 나무 소리
사람들의 고함 소리

새들이 지저귀는 소리

사람들이 누군가와 시끄럽게 통화하는 소리

대중교통의 각종 알림음

사람들이 큰 소리로 싸우는 소리

그동안 놓친 소리 다 들었으니, 이제 슬슬 이어폰이 절실해진다.

행복은 가까이에 있어

내 힘으로 돈을 벌 수 있게 되면서 살 수 있는 것들은 많아졌으나, 정작 지를 때의 즐거움은 오히려 줄어들었다. 방구석에서 마우스 클릭 혹은 스마트폰 터치로 하는 쇼핑은 이제 더 이상 나에게 별다른 감흥을 주지 못한다. 그저 머릿속에 '아아, 다음 달 카드 값은 OOO원 정도 나오겠군' 같은 생각만 들게 할 뿐이다.

내가 경험했던 가장 즐거운 쇼핑은 방산시장에서 에어캡, 일명 뽁뽁이를 샀을 때였다. 어렸을 때 뽁뽁이 쪼가리가 생기기라도 하면 공기 주머니를 하나도 남김없이 전멸시키곤 했다. 방산시장에 간 날도 딱히 뽁뽁이가 필요했던 것은 아니었다. 그러나 거대한 마시멜로를 떠올리게 하는 귀여운 외관과 50미터짜리 한 롤에 3천5백 원이라는 저렴한 가격에 매료된 나는 기쁜 마음으로 지갑을 열었다. 50미터에 단돈 3천5백 원이라니! 하루에 1미터씩 터뜨려도 50일 동안 터뜨릴 수 있는 분량이었다.

집으로 가는 길도 즐거웠다. 양손으로 뽁뽁이를 꼬옥 껴안고 걸어가다가 길에 사람이 없으면 초등학생이 실내화 주머니를 차듯 무릎으로 툭툭 차면서 걸었다. 뽁뽁이를 껴안았을 때의 포근함은 값으로 환산할 수 없을 정도였다. 뽁뽁이는 나에게 필요한 물건을 살 때보다, 딱히 필요 없는 물건을 살 때 더 즐거울 수 있다는 사실을 일깨워 줬다.

뽁뽁이를 사고 얼마 지나지 않아 첫 번째 개인전 일정이 잡혔다. 뽁뽁이는 결국 1미터도 남기지 않고 내 작업들을 감싸는 데에 사용되었다. 나는 그 날의 뽁뽁이가 나에게 작은 복을 가져다 준 것이라고 생각한다.

그리고 며칠 뒤, 나는 뽁뽁이를 샀을 때의 행복감을 다시 느끼기 위해 다시 한 번 방산시장을 찾았다.

뽁뽁이~
뽁뽁이~
폭신해서
나는좋아♪
저건
뭐야?

언젠가는
그날이 오겠지

어린 시절의 나는 자꾸 밖에서 무언가를 주워 왔다고 한다. 종류는 꽤나 다양했는데, 남들도 주울만한 것들부터 비비탄 총알, 녹슨 압정처럼 아무도 거들떠보지 않는 것들도 있었다.

어렴풋이 '이것들도 언젠가는 요긴하게 쓰일 날이 올 거야'라는 생각을 가지고 있었던 것 같다. 나는 부모님의 반대에도 아랑곳하지 않고, 주워 온 잡동사니들을 상자에 고이 넣어 보관해 왔다. 하지만 공교롭게도 그 '언젠가'는 한 번도 오지 않았고, 시간이 흐르면서 그것들은 유물 같은 쓰레기 혹은 쓰레기

같은 유물이 되었다.

물건을 버리지 못하고 모아 두는 일종의 강박 장애를 겪는 사람을 외국에서는 호더(hoarder)라고 부른다. 우연히 호더를 다룬 TV프로그램을 봤는데 가장 먼저 내 생각이 났다. "맞아! 나도 물건을 쉽게 버리지 못하는 성격이지!" 부모님께서 반대하셨던 이유를 그제야 알 수 있었다. 압정 호더가 소 호더 된다고 생각하신 게 분명하다.

물론 내가 TV에 나온 호더만큼 물건들을 쌓아 두고 사는 사람은 전혀 아니었다. 하지만 그들과 나는 소름끼치는 공통점이 있었는데, 아무리 물건들이 정신없이 쌓여 있어도 특정 물건의 위치를 정확하게 파악하고 있다는 것이었다.

물건들을 버리지 못하고 쌓아 두는 버릇의 정점은 회사 생활을 할 때였다. 내 책상은 막내 사원의 그것이라고는 도저히 믿을 수 없을 정도로 아수라장이었다. 책상 위의 상태는 나의 정신 상태, 스트레스와 비례했던 것 같다. 그 가설을 증명이라도 하듯, 퇴사 날짜가 가까워 오자 거짓말처럼 깨끗한 책상으로 돌아왔다.

지금은 스트레스를 거의 받지 않아서인지 예전처럼 물건을 쌓아 두며 살지 않는다. 대신 실체가 없는 것들을 실체가 없는 공간에 쌓아 두고 있다. 산책하다가 찍은 풍경 사진, 인터넷에서 발견한 재미있는 사진이나 영상들…. 이것들도 언젠가는 요긴하게 쓰일 날이 올 테니까.

숨은 그림 찾기 feat. 옛날 내 책상
※ 이어폰, 가위, 스테이플러, 콜라를 찾아보아요.
나는 이미 다 찾았음!

무뎌진다는 것

십수 년 전, 일본에 있는 모 대형 잡화점 구경을 하다가 정체 모를 물건을 발견했다. 손바닥 정도 길이의 플라스틱 기둥 아래로 여러 개의 휘어진 철사가 뻗어 있는, 도무지 목적을 알 수 없는 희한한 물건이었다. 나는 제품 설명을 읽고 나서야 이것이 두피 마사지기라는 것을 알았다. 지금이야 심심찮게 볼 수 있는 물건이 되었지만, 당시에는 생전 처음 보는 물건이었다.

나는 같이 온 친구에게 부탁해 설명란에 적혀 있는 대로 두피 마사지를 해달라고 했다. 뭉툭한 철사 끝이 내 두피를 스친 순간, 두 다리의 힘이 풀리며 온몸에는 찌릿찌릿한 전류가 흘렀다. 생전 처음 느껴 보는 감각이었다. 반대로 친구에게 해 줬더니, 친구의 어깨가 부르르 떨리면서 목이 없어지는 마법이 일어났다.

"오! 이건 반드시 사야 해!"

나는 한화로 약 3만 원이라는, 당시 대학생에게는 꽤 큰돈을 지불하고 마사지기를 구입했다. 그리고 귀국하자마자 가족들, 집에 놀러온 친구들에게 이 신기한 물건을 체험하게 해 주었다. 딱히 몰래 숨겨서 들어온 건 아니었지만, 21세기의 문익점이 된 기분이었다.

시간이 얼마 지나지 않아 이해할 수 없는 일이 일어났다. 마사지기의 느낌이 더 이상 예전 같지 않은 것이다. 그새 내 두피의 감각이 무뎌진 것일까? 처음 체험했을 때의 찌릿찌릿함은 두 번 다시 느낄 수 없었다. 결국 바다를 건너온 지 얼마 되지 않은 이 마사지기는 방구석에 처박혀 먼지만 쌓이는 신세가 되고 말았다.

많은 것들이 그렇다. 처음에 빠른 속도로 불타오른 것일수록

식는 속도 역시 빠르다. 다시 처음처럼 불타오르고 싶어도, 처음 올라간 온도까지 올리는 건 불가능하다. 당연한 존재가 되었다고 생각한 순간, 감각은 무뎌지고 감사한 마음은 사라지고 만다. 수많은 인연들이 위와 같은 단계를 거치며 조금씩 멀어져 간다.

사실 기억 속 한 편에 숨어 있던 두피 마사지기 생각이 난 것은, 얼마 전 동네 잡화점에서 우연히 똑같은 물건을 발견했기 때문이다. 다만 이번에는 손잡이 부분에 건전지가 들어가서 진동 기능이 탑재된, 자극이 한층 더 강화된 버전이었다. 나는 순간 흔들렸다.

'어쩌면 찌릿함을 다시 느낄 수 있을지도 몰라!'

하지만 나는 결국 이 제품을 사지 않았다. (약 4번 정도 들었다 놨다는 했다) 무뎌진 감각을 살리기 위한 가장 쉬운 방법은 자극의 강도를 높이는 것이다. 하지만 강해진 자극도 언젠가는 무뎌질 것이라는 걸 안다. 나는 이 자극의 무한 루프를 이쯤에서 끊어 버리기로 했다.

대신 방구석에 처박혀 녹슬기 직전인 마사지기를 꺼냈다. 첫 느낌이 아주 살짝 느껴지는 것도 같았다.

좋구나~
....
나는! 더 강한 자극을 원한다!!
그건 치워!
이것이 바로 "자극의 무한 루프"

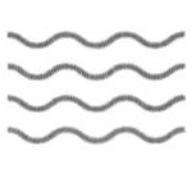

오케이!
계획대로 안되고 있어!

어떤 작가님이 강연에서 이런 말씀을 하셨다.
"장기 계획? 세우지 마세요. 어차피 계획대로 안 돼요."

역시나, 정말로 계획대로 안되고 있다.

뭐든 너무 많다

약 5년 만에 스마트폰을 신형으로 바꿨다. 사용하다가 잘 모르는 부분이 있어서 인터넷 커뮤니티에 자초지종을 설명하고 질문 글을 올렸더니, 질문보다도 내가 5년 만에 스마트폰을 바꿨다는 사실에 놀라워했다.

원체 무언가를 사면 잘 바꾸지 않는다. 아마도 집안 내력 때문일 것이다. 부모님 집의 TV는 13년 정도 연명하다가 올해 새로 갈아드렸고, 냉장고는 조금 있으면 20년을 채운다. 이런 부모 아래서 자랐으니 영향을 받지 않았을 리 없다. 운동화에

관해서는 청출어람인데, 기본적으로 밑창에 구멍이 나고 빗물이 좀 들어와야 운동화를 신고 있다는 기분이 든다.

사실 내가 한 제품을 오래 쓰는 데에는 어쩔 수 없는 이유가 있다. 새 제품으로 바꾸려고 마음먹어도 선택 사항이 너무 많아서 좀처럼 결정할 수 없기 때문이다.

이 글을 쓰기 전까지만 해도 컴퓨터 모니터를 바꿀까 한참 고민했다. 이왕 바꾸는 거 조금 더 크게 32인치 정도로 살까? 해상도는 4K로 하는 게 무난하겠지? 편한 AS를 고려한다면 국내 대기업 제품을 사는 게 좋겠지?

모니터에 대해 고민하며 깊게 빠져들수록, 고려해야 할 사항이 훨씬 더 많다는 것을 알게 된다. 어떤 패널을 사용했는지, 최대 주사율은 몇Hz인지, 색 재현율은 얼마나 높은지, 응답 속도는 얼마나 빠른지 등등. 게다가 스크롤을 내리다 보면 생각지도 않았던 21:9 모니터가 두 팔을 벌려 나를 반긴다. 절대로 클릭하면 안 된다. 만약 클릭하면 커브드 모니터까지 튀어나와 나를 유혹할 테니.

나는 한 대의 모니터를 사기 위해, 수십 대에서 수백 대에 달하는 모니터의 스펙을 훑어 봐야 하는 성격이다. '합리적 소비'라는 명목 하에 다양한 제품들의 스펙을 훑어보는 것은 좋아한다. 제조사 홈페이지 방문은 기본, 블로그나 유튜브의 리뷰 영상들도 찾아본다. 그러나 꼼꼼히 훑어 본 뒤 결론은 항상 비슷하다.

'이것도 좋아 보이고, 저것도 좋아 보이고…… 고르기 귀찮다.'

그러다 불현듯 영화 〈트레인스포팅〉의 오프닝 내레이션이 들리는 것이다.

'인생을 선택하라, 직업을 선택하라, 가족을 선택하라, 대형 TV를 선택하라, 세탁기를 선택하라, 자동차도 선택하라. (중략) 나는 아무 것도 선택하지 않는 것을 선택하겠다.'

우리는 물질 과잉과 정보 과잉, 그리고 이미지 과잉의 시대를 살고 있다. 넘치는 정보와 넘치는 이미지들을 헤쳐 나가 그 중에서 내 것을 건져내야 한다. 하지만 나에게는 쉬운 일이 아니다. 주위를 둘러봐도 죄다 광고거나 혹은 정보인 척 하는 광고뿐이니 무엇이 진짜 좋은지 알 수 없다. 게다가 뭐든 차고 넘치는 이 세상에, 유일하게 나의 시간과 돈은 한정되어 있지 않은가!

이런 세상에서 효율적으로 선택하며 적극적으로 소비하는 지인들을 보면 신기하면서도 부럽다. 나는 오늘도 소비 대신 언박싱 영상을 보며 마치 내가 산 듯한 기분을 느낀다. 유튜브라는 팔뚝으로 거대한 지름신의 홍수를 막은 셈이다. 이 넓은 세상에 이런 사람 한 명 정도는 있어도 괜찮지 않나? 앞으로도 그저 때가 되면 사고, 때가 되면 쓰는 사람이 되어야겠다.

"지름을 떨쳐냈더니
바로 또 다른 지름이 찾아왔다..."

4장
앞으로 뭘 해야 할지
모르겠다고요?

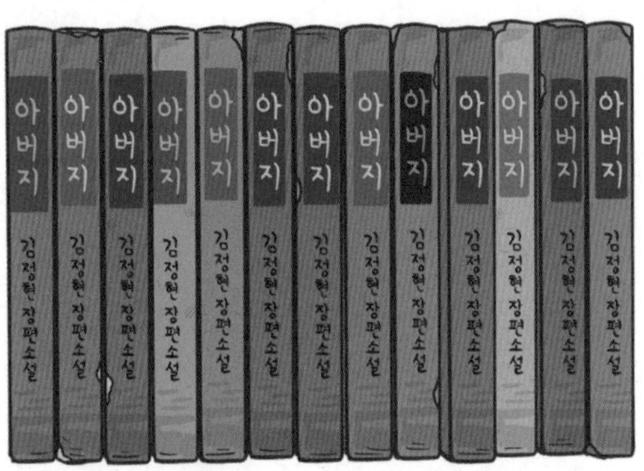

"뿔뿔이 흩어졌던 아버지들이, 십수 년후 다시 한자리에 모였다."

중고 서점이 살아 있다

중고 서점에 들러 이것저것 구경하던 나는 어느 책 앞에서 발길을 멈췄다. 그곳엔 한때 베스트셀러였던 김정현 작가의 소설 〈아버지〉가 여러 권 꽂혀 있었다. 그 책들은 일반 서점에 꽂혀 있는 반들반들한 책과는 다른 느낌을 풍겼다. 열 권 남짓의 〈아버지〉가 각자 다른 환경에서 세월의 풍파를 맞다 오셔서 그런지, 모두 미세하게 다른 빛깔과 상처를 지니고 있던 것이다. 나는 영화 포스터에나 나올법한 문구를 떠올렸다.

'뿔뿔이 흩어졌던 아버지들이, 수년 후 다시 한 자리에 모였다!'

일반 서점이 책을 구경하거나 구매하는 곳이라면, 중고 서점은 '한 번 사람의 손을 거쳐 갔다 돌아온 책'을 구경하는 곳이다. 동일한 책도 어떤 독자의 손을 거쳐 왔는지, 어떤 환경에서 있었는지에 따라 느낌이 달라진다.

일반 서점에 깔려 있는 책들은, 좋은 의미로든 나쁜 의미로든 인간미가 없다. 문자 그대로 '좋은 책'을 만나기 위해 가는 곳이다. 반면 중고 서점의 책들은 한 권 한 권에 스토리가 담겨 있다. 책장 사이를 걸으며, 이 많은 책들이 다음 주인을 만나기 위해 기다리고 있는 것이라 상상하면 나도 모르게 마음이 짠해진다. '그들에게 전 주인은 어떤 존재였을까?' '지식의 전달이든 재미의 전달이든 어떤 목적을 달성하고 돌아왔을까?' 이런 잡생각을 하고 있으면 책이 나에게 말을 거는 듯하다.

'이봐, 당신 집에 있는 책들한테나 신경 쓰라고.'

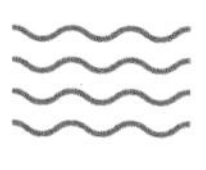

생각이 나서

오랜 친구로부터 전화가 왔다.
"생각나서 그냥 전화해 봤어!"

그 문장, 다음에는 반드시 내가 먼저 써먹어야지!

신나게
돌아다닐 테다

몇 년간 연락이 없던 지인한테서 갑작스럽게 만나자며 연락이 왔다. 순간 인생의 선배가 해 준 말이 떠올랐다. 성인이 된 이후에 오는 이런 식의 연락은 대체로 세 가지 종류라고 했다. 청첩장 전달, 보험 권유, 다단계. 아니나 다를까, 만나서 카페에 자리를 잡자마자, 그 지인은 가방에서 주섬주섬 태블릿을 꺼내기 시작했다. 역시, 어른들 말씀에 틀린 말 하나 없구나!

밝고 희망에 찬 사업 소개 영상을 5분 정도 시청한 후, 지인은 자신이 현재 하고 있다는 여행 관련 '네트워크 마케팅'에 대해 설명하기 시작했다. '이 멤버십에 가입하면, 굉장히 싼 가격에 크루즈 여행을 갈 수 있고 돈도 벌 수 있다' 따위의 내용이었다. 그런데 바로 다음 지인의 한 마디에 설명을 대충대충 듣고 있던 정신이 번쩍 들었다.

"너 여행 다니는 거 좋아하잖아."

잠깐만, 내가 여행 가는 걸 좋아했던가? 나는 여행을 딱히 좋아하지도 않고, 빈말으로라도 남에게 여행 좋아한다는 소리를 한 적도 없다. 아마도 웬만해선 다들 여행 좋아하니 지인도 적당히 틀에 박힌 영업 매뉴얼대로 말한 듯했다. 나는 최대한 진지한 표정으로 그에게 말했다. "뭔가 오해한 것 같은데, 나 여행 별로 안 좋아해." 나는 정중히 거절하고 자리를 빠져나왔다.

살면서 내가 주변 사람들과 조금 다르다고 느꼈던 지점이 몇 개 있는데, 그 중 하나가 바로 여행에 대한 갈망이 그다지 없다는 것이다. 여름휴가나 명절 연휴가 다가오면 반드시 어딘가 멀리 떠나야할 것 같은 그런 갈망이 나에겐 없었다. 자동로밍이 안 되던 시절, 휴가 기간에 업무용 전화를 받지 않기 위해 도피성 해외여행을 가곤 했으나 사실 세상 어느 곳보다 집에 있는 게 좋았다. 코로나로 인해 해외 길이 막히고 사회적 거리두기의 필요성이 대두되었을 때도 나와는 상관없는 일이라 생각했다. 어차피 어디를 가고 싶다는 생각도 딱히 없었으니 말이다.

그런데 약 1년이 지난 지금은 해외 어디든 떠나고 싶어 미칠 지경이다. 마음만 먹으면 어디든 갈 수 있던 세상이 그렇지 못한 세상으로 바뀌며 내 취향도 바뀐 것일까? 생전 해본 적 없던 여행에 대한 후회도 하기 시작했다. '아아, 어른들 말씀 듣고 한 살이라도 더 젊을 때 다양한 곳을 돌아다녀 볼걸!'

그때부터 나는 몸이 갈 수 없으니 마음만이라도 여행을 떠나기 위해 다양한 기행(奇行)을 하게 되었다. 지금껏 거의 사본 적 없던 해외여행 가이드북을 미리 구입하고, 모니터 배경 화면을 가고 싶은 나라 풍경 사진으로 교체하였다. 원고 작업을 마치고 떠날 랜선 투어 상품도 꼼꼼히 챙겨 보고 있다.

언제가 될지는 모르지만 해외여행이 자유로워질 날을 상상해본다. 그때 나는 어디든 떠나려는 사람이 되어 있을까? 아니면 예전처럼 소극적 성향의 집돌이로 돌아와 있을까? 이번 기회로 한 가지 확실히 깨달은 건 어디든 갈 수 있을 때 가야 한다는 것이다. 그러니 그 날이 오면, 신나게 돌아다닐 테다.

슛! 여행중!
INTERNAT

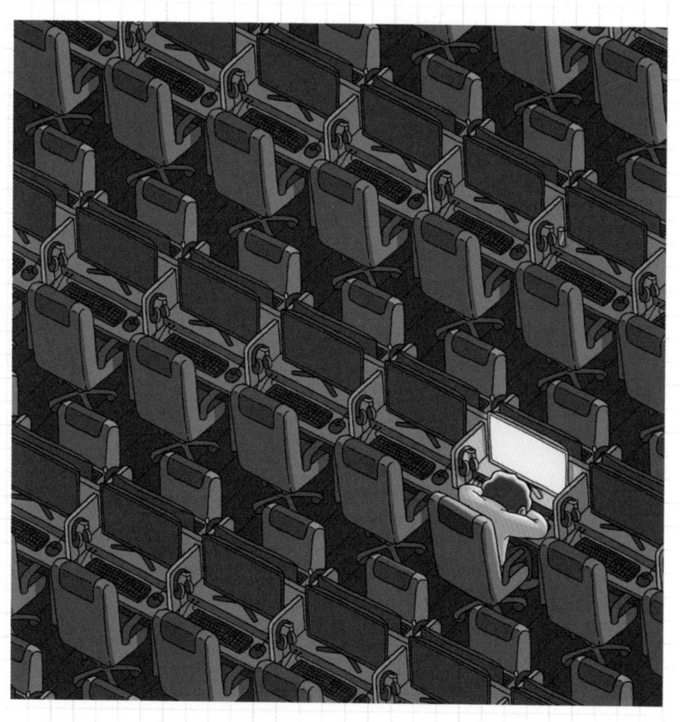

힘든 만큼, 상처받은 만큼,

내일은 한 발 더 나아갈 수 있기를.

놓치면 보이는 것들

중학교 때, 영어 시험 성적이 좋아서 담임 선생님께서 밥을 사주신 적이 있다. 그러나 그 시기 이후로, 나의 영어 실력은 쭉 하향 곡선이었다. 토익 점수 미달로 대학 졸업이 취소될 뻔한 적도 있었고, 입사 영어 면접은 예상 답변을 통째로 외워야 했을 정도였다.

그 와중에도 할리우드 영화는 많이 봐서, 영어를 잘하는 척하는 건 나름 자신 있었다. 그래서 그런지 평소에 영어를 잘한다는 오해를 많이 받는다. 외국 사람과 전화를 하게 되었을 때는 주위가 시끄러워서 잘 안 들리니 메신저로 해달라고 거짓말을 했다. (주위는 매우 고요했다) 나는 영어를 잘하는 게 아니라, 잘하는 척하고 있을 뿐이다. 구글 번역 창이 안 떠있으면 영어 메일 하나도 제대로 읽지 못한다.

영어를 잘하는 척하게 된 원인 중에는 나의 아버지의 영향도 있다. 아버지는 해외여행 자유화가 풀리기도 전인 70년대, 뉴욕에서 혈혈단신 주재원으로 활약한 은행원이셨다. 아버지의 서재에는 당시 공부했던 영어 학습 테이프, 손때로 새까매진 영어 사전, 그리고 깨알 같은 글씨로 범벅이 된 영어 교재들이 꽂혀 있었다. 그때의 경험 때문인지, 아버지는 영어에 대한 자부심이 특히 남다르셨다.

이렇게 피나는 노력으로 영어 실력을 쟁취하신 분이니, 자신의 아들한테도 영어의 중요성을 강조하는 건 매우 자연스러웠다. 그런데 이를 어쩌나. 그 아들이라는 녀석은 청개구리 근성이 있어 아버지의 조언을 제대로 귀담아듣지 않았다.

어른이 된 지금은 안다. 영어를 할 줄 안다는 것은, 더 많은 사람과 교류하고 더 많은 정보를 취할 수 있다는 것을. 똑같은 것을 보아도 더 많은 것이 보인다는 뜻이다. 아들이 더 많은 것을 보고 더 많은 것을 깨달았으면 하는 아버지의 마음이었다.

어른이 된 나는 비록 영어 실력도 놓치고 그밖에 많은 것을 놓치며 살고 있지만, 오히려 현재의 삶이 더 재미있고 그럴싸하다. 여전히 영어로 대화할 일이 생기면 온 신경을 곤두세워 금방 피곤해지지만, 난이도 높은 게임에 도전하는 느낌이 딱히 싫지만은 않다. 모르면 고민하고 부딪히고, 조금씩 깨우치면 된다. 그래도 안 되면? 그때는 주변에 있는 능력자들에게 도움을 청하면 된다.

오늘도 나는 영어를 잘하는 척하며 하루를 버틴다. 언제까지 이렇게 버틸 수 있을지 모르지만, 통번역 기능이 더 발달해 이 모든 의미가 없어지는 세상이 하루빨리 왔으면 좋겠다. 그때까지 버티는 자가 승리하는 거다.

모르는 외국인이 말 걸어도 괜찮아.
왜냐하면 나에게는 구X 번역기가 있거든!

걸어서 손해 속으로

일러스트레이터로서 일을 시작한지 몇 년 되지 않았을 무렵, 나는 카페를 오픈을 준비 중이라는 사장님의 의뢰를 받고 부랴부랴 지방 출장을 갔다. 완공된 지 얼마 되지 않은 듯한 오피스텔 1층에서 카페 오픈 공사가 한창이었다.

"머그컵 120개입니다. 여기에 그려 주세요."

사장님은 커다란 박스에 담긴 머그컵을 옮기며 내게 말했다. 내가 여기서 해야 할 일은 머그컵 120개를 투명 유리 선반에

세우고, 그 표면에 그림을 그리는 일이었다. 멀리서 보면 커다랗게 카페 로고가 보이게 될 예정이었다.

나는 현장에서 꼬박 이틀을 걸려 그림을 완성했다. 그림을 그리는 동안 내 옆에는 복층 계단 제작이 한창이었고, 내 작업이 완성되었을 즈음 계단도 완성되어 있었다. 나는 카페의 한 부분을 내 손으로 직접 담당했다는 사실에 뿌듯함을 느꼈다.

그러나 이 일의 결말은 그다지 좋지 않았다. 카페 사장님의 최종 컨펌을 받고 서울로 돌아왔는데, 아무리 기다려도 잔금이 입금되지 않는 것이었다. 전화로 사장님에게 문의해 보니, 결과물이 마음에 안 들어 돈을 줄 수 없다고 했다. 일러스트 업계에서는 흔히 있는 일이긴 했다. 계약서 없이 일을 진행했다가 바보같이 돈을 못 받는 불행한 케이스……. 나는 다음부터는 계약서를 꼭 써야겠다는 교훈을 얻었고, 그 후로 몇 년 동안 그 작업을 잊고 살았다.

몇 년 후 업무상 부산에 갔다가 그 카페에 들러 보기로 했다. 정확히는 그 카페 벽에 설치된 나의 그림을 직접 보기 위해서였다.

찾아간 카페는 이미 망해 있었다. 현장은 폐허가 되어 있었고, 벽에는 복층 계단과 유리 선반이 있었음을 짐작하게 하는 흔적만이 희미하게 남아 있었다. 블로그 포스팅을 확인해 보니, 불과 몇 달 전까지는 영업 중이었다. 내가 한 발 늦은 셈이었다. 이럴 줄 알았으면 좀 더 빨리 와 볼걸. 나는 내 그림의 마지막 모습을 블로그 사진을 통해 확인할 수밖에 없었다.

비록 그림은 보지 못했지만, 한편으로는 속이 후련했다. 내 돈을 떼어먹은 자의 으리으리했던 카페가 처참한 폐허로 변했으니 말이다. 나는 그때 겪은 일을 자양분 삼아 끈질기게 잘 버티며 살고 있다. 그거면 됐다.

대략 이런 느낌의 작업.
유리 선반에 머그컵 120개를 올리고
표면에 거대한 머그컵을 그렸음.
(머그컵 중앙에는 로고를 그려 넣음)
그러나...
지켜주지 못해서
미안하다!!

왜 나만 일하는 것 같지?

왜 나 빼고 다들 열심히 사는 것 같지?

불편함을 즐기는 법

코로나가 한창 심했던 지난해 여름, 나는 인적이 드문 낯선 동네로 이사를 했다. 도심 한가운데에 있던 정든 작업실도 정리하고, 코로나로부터 안전하게 집에서 묵묵히 일러스트 작업이나 해야겠다는 생각에 어렵게 내린 결정이었다. 겨울잠을 자러 산 속으로 들어가는 동물이 된 기분이었다. 그들과 다른 점은 이 겨울이 언제 끝날지 모른다는 것이었다. 프리랜서인 나는 살아남기 위해서 장기전에 대비해야 했다.

처음 집을 보러 간 날, 역에서 내려 낯선 동네를 한참 걷다 보니 '여기는 과연 사람이 사는 동네인가?'싶은 광경이 눈에 들어왔다. 형태도 잡히지 않은 수십 채의 건물들이 공사 중이었고 그 사이로 최소 2년간 내가 거주하게 될 오피스텔 건물이 보였다. 주변을 아무리 둘러봐도 사람이 거주하고 있는 건물은 이 오피스텔밖에 없어 보였다. 어르신들과 밥을 먹으러 갔는데 내 밥이 가장 먼저 나와 버렸을 때와 같은 난감함이었다.

'셀프 자가 격리란 바로 이런 것일까?'라고 생각하며 집 계약서에 사인을 했다.

이사를 끝내고 가장 먼저 한 일은 주변 탐색이었다. 가까운 슈퍼마켓은 어디인지, 버스는 어디에서 정차하고 어디로 향하는지, 걸을만한 산책로는 어디에 있는지 따위를 확인했다. 어디를 가던 도보 10분은 기본이었고, 버스 정류장은 존재하지도 않았다. 이곳은 '동네'라기보다는 '건설 현장'에 가까웠다. 외출하면 신발이 흙투성이가 되는 건 기본이고, 낮에는 먼지와 시끄러운 공사음으로 창문조차 열 수 없었다. 밤에는 아무도 살지 않는 시커먼 건물들이 내뿜는 특유의 고요함에 난생처음 고독을 느꼈다.

자발적으로 외출을 자제하며 살던 어느 날이었다. 잠시 산책을 하러 밖에 나왔는데, 며칠 전까지 아무것도 없었던 장소에 돌연 흙으로 된 길이 나타나 있었다. '지하철역으로 갈 때 한참을 돌아가야 하니, 이쯤에 길 하나 있으면 딱 좋겠네'라고 생각하며 걸었던 길이었다. 신기하게도 그 흙길은 이틀 뒤 보도블록으로 덮였고, 일주일 뒤에는 길 주변으로 벤치와 작은 가로수가 생겼다. 어느새 그럴싸한 인도가 완성된 것이다.

변화는 계속됐다. 분명히 어제까지 아무것도 없던 도로변에, 이번에는 버스 정류장이 솟아나 있었다. 삭막한 건설 현장에서 사람 사는 동네로 탈바꿈하는 그 순간에, 내가 살고 있었다.

한때 즐겨했던 '시티즈 스카이라인'이라는 게임이 생각났다. 플레이어가 시장이 되어 허허벌판에 길을 깔고 건물도 지으며 멋진 도시로 성장시키는 시뮬레이션 게임이다. '멋진'이라는 형용사의 기준이 다양한 것과 같이 게임을 즐기는 방식 또한 다양했다. 그저 도시를 키워 인구 수를 늘리는 것에 집중할 수도 있고, 외관을 실제 도시처럼 리얼하게 재현하면서 재미를 느낄 수도 있다. 나는 오직 한 가지 생각 뿐이었다.

'무엇보다도, 시민들이 살기 편한 도시를 만들자!'

차와 사람의 주요 이동 경로를 파악하여 도로와 인도를 깔고, 많은 사람들이 효율적으로 이용할 수 있도록 버스와 지하철 노선을 짰다. 주거지구 인근에는 산책로와 공원, 치안 시설을 지어 줬고, 상업 지구와는 일정 거리를 둬서 소음을 차단했다. 교통 체증이 발생하면 우회 도로를 추가하거나 신호등 설정을 변경하는 등 적절한 조치를 취해야 했다.

모든 요소들이 유기적으로 연결되었을 때, 시민들의 행복도는 올라갔다. 처음에는 '우리 시민 여러분들 참 깐깐하구나'라고 생각했으나, 사실 이 모든 것들은 내가 현실 세계에서 동네를 평가하는 기준이기도 했다. 모두가 살기 편한 동네란 이토록 어려운 것이다.

실제 내 삶에서 버스 정류장이 생긴 이후로, 나는 이 동네가 조금씩 변화하는 모습을 흥미롭게 지켜보고 있다. 얼마 전에는 말라 있던 냇가에 물이 흐르고, 사람이 건널 수 있는 작은 다리가 생겼다. 집 앞 정류장을 지나는 버스는 두 대 더 늘어 총 세 대가 되었다. 흙 밭이었던 동네 인도에는 조금씩 보도블록이 깔렸다. 현재 무언가 불편하다는 것은 앞으로 나아질 수 있는 여지가 많다는 것이다.

문득 생각해 본다. 먼 훗날 이곳이 더 나아질 구석이 없는 완벽한 동네가 되면, 그때는 이 즐거움도 사라질 것이라고. 그때까지 이 불편한 동네의 변화를 즐기며 살아야겠다고.

문명이 붕괴된
포스트 아포칼립스 세상을
걷는 기분…

잠시 카메라 렌즈에 양보하세요.

두 번 다시 볼 수 없을지도 모르니까요.

세상 밖 세상

일상에서 '신선한' 충격을 받는 일이 줄어들고 있다. 매일 비슷한 업무로 루틴화된 삶을 살고 있어서일까. 어제와 오늘은 비슷했고, 아마도 내일도 오늘과 별반 다르지 않을 거라는 생각이 있는 것이다. 이럴 때는 무언가 새로운 일을 벌여 뇌에 신선한 자극을 줘야 한다.

회사를 그만둔 지 얼마 되지 않았던 때였다. 집구석에 있다가 약 3주 만에 나들이를 나가기로 했다. 미국의 그림책 작가인 데이비드 위즈너의 원화 전시를 보기 위해서였다.

나는 그날 데이비드 위즈너의 원화를 보고 큰 충격을 받고 국내 출간된 그의 책을 모두 살 정도로 팬이 됐다. 하지만 더 큰 충격은 따로 있었다. 바로 당시의 나는 상상조차 할 수 없던, 평일 오후 광화문 일대의 한가로운 사람들로 북적이던 풍경이었다.

굉장히 부끄러운 생각이지만, 당시 나는 평일 낮에는 모든 사람이 일을 하고 있을 거라 생각했다. 왜냐하면 얼마 전까지의 나의 생활이 그랬으니까. 평일 오전 8시부터 오후 11시까지 회사 사무실에 틀어박혀 밖에 나갈 생각조차 못했으니 사회인은 모두 나처럼 평일에는 못 노는 줄 알았다. 다시 말해 평일에는 놀지 못하는 게 곧 사회인인 줄 알았다. 그런데 이게 웬걸, 카페는 여유로워 보이는 사람들로 미어터졌고, 대형 서점은 한가롭게 책을 고르는 사람들로 북적이고 있었다. 그 풍경을 마주한 나는 요 몇 년간 열심히 살아온 삶이 무언가에 의해 부정당하는 듯했다.

물론 이 인파 중에는 업무를 위해 나오거나, 주말에 쉴 수 없는 직종이라 평일에 놀러 나온 사람도 있을 것이다. 또는 일이 너무 많아서 평일은커녕 주말에도 나오지 못하는 사람도 있을 것이다. 중요한 건 이 세상에는 다양한 삶이 존재한다는 것이다. 그리고 내가 뼈빠지게 일하고 있는 시간에 한가롭게 자기 시간을 즐기는 사람이 존재한다. (그것도 의외로 많이!) 나는 말 그대로 우물 안에서 일만 하던 개구리였고, 이 모든 사실이 신선한 충격으로 다가왔다.

누군가 그랬다. 우리의 꿈은 명사가 아니라 동사여야 한다고. '나의 꿈은 변호사입니다', '나의 꿈은 연예인입니다'가 아니라, '변호사가 되어 어려운 사람을 돕고 싶다', '연예인이 되어 사람들을 즐겁게 해주고 싶다'가 되어야 한다고 했다. 광화문에서 충격을 받았던 그날부터, 나의 꿈은 '놀고 싶을 때 주저 없이 놀고 싶다', '무언가를 하고 싶을 때 주저 없이 하고 싶다'가 되었다. 먹고 살기 위한 일에 얽매여 많은 것을 보지 못하는 삶은 살지 않겠노라 다짐했다.

사실 이 에피소드에는 뒷이야기가 존재한다. 전시를 보고 나온 나는 광화문로터리에서 보행자 신호를 기다리고 있었다. '평일 낮인데 한가해 보이는 사람들이 왜 이리도 많은 거야?' 라고 생각하면서. 그 횡단보도 맞은편에는 뉴스용 카메라가 세워져 있었고, 나는 얼떨결에 그날 저녁 9시 뉴스 데뷔를 하게 되었다. 오늘 황사가 매우 심했다는 내용의 뉴스 꼭지였는데, 왠 20대 청년이 마스크를 쓰고 멍하니 서 있으니 영상 소스의 타깃이 된 것이다.

나는 내가 나온 뉴스 영상 파일을 어렵게 구했고, 가끔씩 생각날 때마다 영상을 꺼내 보곤 한다. 마스크로 얼굴이 거의 보이지 않지만, 마치 새로운 세상을 처음 마주한 듯한 멍한 표정은 몇 번을 봐도 질리지 않는다. 앞으로도 이런 신선한 충격을 받을 일이 또 있을까? 별일 없는 일상의 연속이지만, 오늘도 나는 내심 기대해 본다.

MBC 9시뉴스
평일 낮인데
사람이 이리
많다니...
웅성
웅성
앗!
저 녀석은!!
이 9시 뉴스 영상 덕에,
그동안 연락이 끊겼던 친구 몇 명과
다시 만날 수 있었다.

작업실 연대기

나의 첫 작업실은 연희동 대로변 건물 지하에 있던 공동 작업실이었다. 인당 월 십 몇 만원을 내면 파티션으로 나뉜 책상을 사용할 수 있었다. 작업실에는 7명의 작가님들이 입주했는데, 나와 같은 일러스트 작가부터 가죽 공예 작가까지 다양했다. 아침에 출근할 때마다 거대한 태극기를 덮은 채 자고 있던 작가도 있었고, 서랍에 온갖 속옷 빨래감을 쑤셔 박은 채 연락 두절된 작가도 있었다. 작업실에 계속 있었다면 시트콤 같은 일상이 펼쳐졌을텐데, 공교롭게도 들어온 지 몇 달 지나지 않아 폭우로 인해 작업실이 침수됐다. 우면산 산사태가 일어났던 바로 그해였다.

작가님들과 아침부터 바가지로 빗물을 퍼내어 겨우 위기를 넘기는가 싶었는데, 비가 그친 다음부터는 곰팡이의 습격이 시작되었다. 작품들이 몽땅 비에 젖어 망연자실한 작가님들은, 곰팡이까지 나오자 하나둘 떠나기 시작했다. 나는 떠나고 싶어도 갈 곳이 없어서 억지로 버티다 책상 위에 30분 정도 뒀던 스무디킹 음료 빨대에 곰팡이가 생긴 것을 보고 결국 나가기로 마음먹었다.

두 번째 작업실은 이대 후문과 연대 동문 사이에 있었다. 모 출판사 건물에서 운영하는 2층 작업실이었고, 침수 걱정은 없다고 판단해 들어가게 되었다. 동향으로 난 큰 창이 매력적인 방이었고, 월세 분담을 위해 그림 동료 2명과 함께 쓰게 되었다. 나는 서로를 감시하고 서로에게 자극받자는 의미로, 책상을 T자형으로 붙이자고 제안했다. 결과는 나쁘지 않았다. 이곳에서 첫 종이컵 작업이 만들어졌기 때문이다. 여름에 특히 더웠다는 점만 제외하면 참 운치 있고 좋은 곳이었지만, 동료 1명이 개인 사정으로 나가면서 약 1년 만에 그곳을 떠나게 되었다.

세 번째 작업실은 서울 서부역 인근 3층 피아노 학원을 개조한 작업실이었다. 강당에는 아직 그랜드피아노가 한 대 남아 있었고, 원한다면 얼마든지 칠 수도 있었다. 작업실 주인 자리의 창문으로 드라마 〈미생〉의 무대가 되었던 서울스퀘어 건물이 보였다.

이곳에서 별다른 문제 없이 약 3년 반 동안 잘 살다가 주인 사정으로 인근 건물 1층으로 옮기게 된 곳이 네 번째 작업실이다. '서울로7017' 산책로의 끝자락에 위치한 작은 건물이었다. 전체 면적은 전보다 좁아졌으나, 작가님 한 분이 나가시고 인터넷을 설치하면서 인스타그램 라이브를 할 수 있는 공간을 만들 수 있게 되었다. 이곳에서 영상도 많이 만들었고, 매주 라이브로 사람들과 소통도 했다.

그리고 약 2년 반 만에 다시 한 번 작업실을 옮기게 된다. 다섯 번째 작업실은 용산 서계동에 위치한 1층 집으로, 서민적인 가정집이 밀집된 동네에 뜬금없이 존재해 마음에 들었던 곳이다. 움직임을 최소화하며 작업할 수 있도록, 책상 두 개를 앞뒤로 배치해 한쪽은 디지털 작업, 한쪽은 수작업 공간으로 꾸몄다. 온전히 작업에만 집중할 수 있는 최종 형태였다. 그리고 얼마 지나지 않아 코로나가 터졌다.

이렇게 나의 9년간의 작업실 생활은 막을 내렸다.

현재의 작업 공간
모니터
(유튜브 시청...용)
스마트폰 거치대
(동영상 촬영용)
동영상 촬영용
소형 스튜디오
PS4...
아이패드
(디지털 작업용)
종이컵
졸리면
그대로 취침...

손에 잡히는 것들

얼마 전 모 차세대 콘솔 게임기가 두 가지 종류로 출시되었다. 게임 CD를 넣는 구멍(ODD)이 있는 버전과 없는 버전이다. 별거 아닌 뉴스처럼 보일 수 있지만, 나에게는 큰 충격이었다. 어쩌면 다음 세대에는 게임 CD, 즉 물리 매체가 아예 사라질 수도 있다는 무언의 경고처럼 들렸기 때문이다.

여전히 나는 뭐든지 손에 잡히는 것들이 좋다. 만질 수 없지만 영원한 것들보다, 손으로 만지면 때도 타고 시간의 흐름에 의해 서서히 낡아 가는 것들이 좋다.

같은 이유로 나는 전자책보다 종이책을 더 좋아한다. 정말 사랑하는 뮤지션의 앨범은 가능하면 CD로 구매하려 한다. 평소에 디지털 작업을 자주하지만, 언제든지 종이에 출력할 수 있도록 높은 해상도로 작업하는 걸 선호한다. 내 손에 잡히지 않으면, 아무리 눈 앞에 보이거나 귀에 들려도 마치 내 곁에 없는 것 같은 생각이 들기 때문이다.

손에 잡히는 것은 잡히지 않는 것보다 더 많은 추억을 지닌다. 어쩌면 '촉감'을 느낄 수 있느냐 없느냐로 결정되는 것 같다. CD 앨범을 처음 사서 포장 비닐을 뜯을 때의 설렘은 음악 트랙만큼이나 소중하다. 고민 끝에 고른 책을 처음 펼치고 오른손 엄지와 검지가 종이에 닿아 마찰할 때의 그 느낌이 좋다. 독립 출판물을 판매하는 페어에 가서 책을 하나하나 만져보고 구매하는 게 소소한 낙이기도 하다.

디자이너 고마가타 가츠미씨가 한국에서 했던 강연 중 인상 깊은 내용이 있었다. 그는 주로 종이의 성질을 십분 활용한 그림책을 제작해 왔는데, 어린 아이들에게 있어 '종이'의 중요성에 대해 설명했다.

"어렸을 때 종이책과 적극적으로 마주하는 건 중요한 일입니다. 종이는 조금만 세게 쥐면 구겨지고, 손으로 찢을 수도 있습니다. 한번 구겨지거나 찢어진 종이는 절대 원래 상태로 돌아올 수 없죠. 여기서 아이는 자신이 대하고 있는 대상의 소중함, 그리고 그 대상을 다룰 때 얼마만큼의 힘을 줘야 할지를 서서히 깨닫게 됩니다. 터치 한 번에 삭제할 수 있고 다시 실행 취소도 할 수 있는 디지털 세상에서는 깨우치기 힘든 영역이지요."

하지만 이런 나조차도 이제는 종이책이나 CD를 사는 일이 꽤 줄었다. 그리고 그 빈자리는 전자책과 음원 스트리밍이 빠르게 치고 들어왔다. '손에 잡히는 것들'이 좋다고 말한 나 자신이 민망해질 정도로.

시대의 흐름을 완전히 거스르는 것은 불가능하다. 그저 얼마 남지 않은 손에 잡히는 것들을 조금 더 소중히 여길 뿐이다.

이제 슬슬 책을
읽는 게 어때?

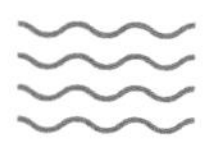

펜의 일생

그동안 흰 종이 위에서 춤추며 검은 흔적을 수려하게 남기던 친구가, 어느 순간부터 비실거리더니 흔적을 감추었다. 애용하던 펜이 결국 자기 수명을 다한 것이다.

물질이 넘쳐흐르는 세상에 자신의 힘을 다 쏟아내 속이 텅텅 비어 버린 펜을 마주하는 건 흔한 일이 아니다. 대체로 그 전에 행방불명이 되거나, 부상으로 강제 은퇴 당하기 일쑤다. 두 가지 경우가 아니어도, 더 좋은 펜이 생기면 가차 없이 버림받는 게 펜들의 운명이기도 하다. 나는 마지막 순간까지 현역이었던 이 펜의 일생을 잠시 떠올렸다.

이 펜은 나의 소중한 스케줄을 흔적으로 남겨 주었다. 사랑의 메시지와 감사의 메시지를 흔적으로 남겨 주었다. 나만 알아볼 수 있는 아이디어와 스케치를 흔적으로 남겨 주었다.
그동안 수고했어.

그리고 서랍에서 똑같이 생긴 새 펜을 꺼냈다.
안타깝지만, 물질이 넘쳐흐르는 세상이다.

추억을 지켜라

한때 푹 빠져 있었으나, 현재는 너무 앞만 보고 사느라 까맣게 잊고 있던 것들이 있다. 잊고 있던 것들은 썩 유쾌하지 않은 계기로 인해 갑작스레 기억이 나곤 한다. 대표적인 경우가 바로 블로그다.

예전에는 블로그를 열심히 했다. 재미있는 사진을 찍어 올리기도 하고 모르는 사람과 댓글로 소통도 했다. 내가 종이컵에 그린 그림을 처음 올린 곳이기도 하다. 블로그는 이른바, 내 그림 커리어의 시작점이라고 할 수 있다.

그러나 어느 순간부터 SNS에 밀려 주인한테조차 잊혀졌다. 블로그의 존재를 상기시켜 준 존재는 온라인 마케팅 회사의 블로그 판매 제의였다. 돈은 섭섭하지 않게 넣어줄 테니 내 블로그를 통째로 혹은 일부 넘기라는 내용이었다. 처음에는 이 상황이 그저 신기하기만 했다. 딱히 파워 블로거도 아니고 방문자 수도 별로 없는데, 이게 돈이 된다고? 말 그대로 수지맞는 장사였다.

그러나 블로그를 넘긴다는 것은 곧 나의 추억을 팔아넘기는 것과 다름없었다. 수년간의 추억과 기록이 사라지고, 나와 상관없는 맛집 광고글로 덧칠이 된다는 뜻이었다. 나는 제안을 거절했으나, 동시에 이런 생각도 들었다. 지금까지 까맣게 잊고 있다가 이제 와서 웬 추억 타령인가. 과연 이 블로그로 왈가왈부할 자격이 나에게 있을까?

블로그 전에는 싸이월드 미니홈피를 했었다. 미니홈피는 간간이 미디어에서 화제가 되곤 하였으나, 역시나 나는 바쁘다는 핑계로 거들떠보지도 않았다. 현재 그 미니홈피는 오랜 서비스 정지 끝에 다시 부활한다는 소식이 들린다. 그렇다고 내가 미니홈피에 다시 손을 댈 것 같지는 않다. 기껏해야 가끔씩 옛 생각이 날 때 즈음 찾아가는 곳이 되겠지.

어쩌면 웹이라는 공간은, 이승과 저승이 공존하는 거대한 묘지와도 같다. 잠시 관리를 소홀히 하면 온갖 잡초로 무성해지기도 하고, 너무 오랜만에 오면 영문도 모른 채 사라져 있을 때도 있다. 두 번 다시 기억조차 하기 싫은 자료가 디지털 풍화를 겪으며 오랜 기간 인터넷상을 떠돌기도 한다. 과연 나는 내 추억을 웹상에서 온전하게 지켜낼 수 있을까?

오늘도 나는 어김없이 블로그 판매 제의를 받는다. 수차례 거절을 했음에도 내가 받을 수 있는 모든 연락 수단으로 끊임없이 들어온다. 이쯤 되니 나는 내 추억을 지키기 위해, 블로그를 다시 시작해야 하나 잠시 고민해 보기로 한다.

잘 계시려나...
눈물셀카
첫UCC

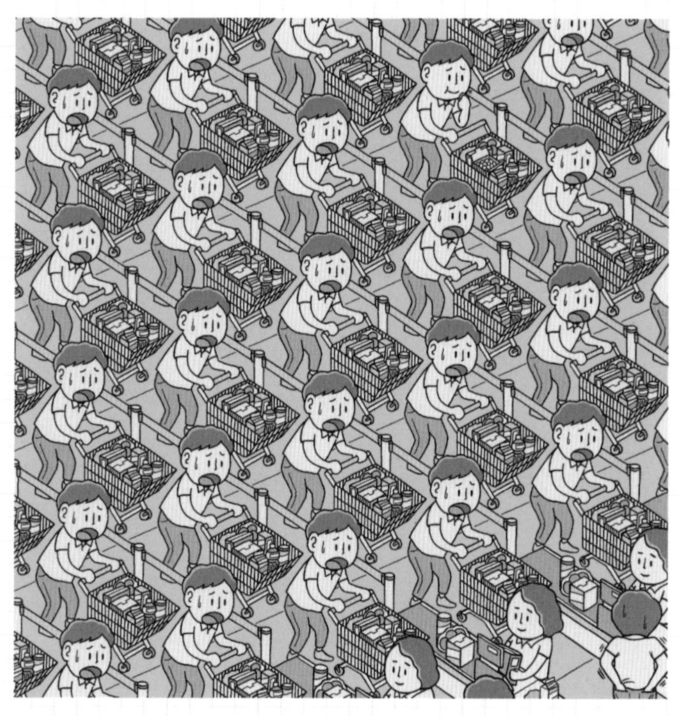

우리는 인생에서 많은 시간 줄을 서 있는 채로 보내요.

내 차례는 언제 올까요?

내 멋대로도 괜찮아

어머니는 과자 상자를 개성 있게 뜯으셨다.

종이 상자로 포장된 과자는 대체로 내용물을 쉽게 꺼낼 수 있도록 칼 선이 따로 존재한다. 하지만 어머니는 이러한 제조사의 배려를 완벽히 무시하고 항상 원초적인 방식으로 상자를 뜯으셨다. 옆구리가 폭발한 듯 너덜너덜해진 과자 상자를 부엌에서 발견하면, 늘 범인은 어머니였다.

"어머니, 이 과자 상자는 여기를 이렇게 뜯으면 힘을 크게 주지 않아도 쉽게 열려요." 한번은 진지하게 말씀 드렸지만 어머니의 방식은 좀처럼 바뀌지 않았다. 어쩌면 뜯는 방식이 지금만큼 친절하지 못했던 예전 과자 상자의 기억을 지금까지 갖고 계신 듯했다.

어머니에게 같은 내용을 재차 설명하다가 이런 생각이 들었다. '왜 내가 이 과자 제조사의 입장을 대변하듯이 그들이 지정한 개봉 방식을 강요하고 있지?' 우리는 대체로 편리한 길을 선호하고, 그 길이 대세가 된다. 가끔은 나만 다닐 수 있는 내 멋대로의 길이 있어도 되지 않을까?

창의력이 생기려면 어떻게 해야 하느냐는 질문을 종종 받는다. 그런 거 알았으면 진작에 책으로 냈을 것이다. 내가 할 수 있는 답변은 '단 음식을 많이 먹으면 됩니다' 같은 그다지 도움 안 되는 것들이 전부였다.

하지만 창의력으로 향하는 아주 작은 씨앗 하나 정도는 알고 있다. 바로 남들이 정해 놓은 행동, 혹은 당연하다고 알고 있는 행동을 의도적으로 비켜 가는 것이다. 당연한 행동은 대체로 무의식중에 나오기 때문에, 의도적으로 비켜간다는 게 사실 쉬운 일은 아니지만 말이다.

아무한테도 말하지 않고 즐겨했던 훈련이 있다. 지하철 차량에 붙어 있는 손바닥 크기 정도의 불법 광고물(주로 떼인 돈 받아드립니다)을 떼어 내고 그 종이로 종이접기를 하였다. 주로 종이학을 접었는데 완성된 종이학은 광고물이 처음 붙어 있던 자리 혹은 지하철 어딘가에 붙여 놓았다. 물론 이러한 활동이 특별하고 창의적인 의미를 지닌 것은 아니었다. 어차피 종점에 다다르면 버려질 종이학이었다. 하지만 버려지기 전에 누군가는 종이학을 우연히 발견할지도 모른다.

중요한 건, 불법 광고물을 '본다'와 '떼어 내서 버린다' 외에 또 다른 선택지를 만들었다는 것이다. 누군가는 이 종이학을 보고 평소 생각하지 못했던 무언가를 깨닫게 되었을지도 모를 일이다.

다시 어머니 이야기로 돌아와서, 나는 어머니께서 과자 상자를 뜯는 방식이 창의적이라고 생각하지는 않는다. 하지만 남들이 당연히 따르는 방식을 비켜 갔다는 점에서 의미가 있다. 너덜너덜해진 과자 상자에서 어떤 창의력이 피어날 수 있을지 조금 더 지켜봐야겠다.

"나만의 창의력 증폭법"

※ 자주 하면 살찌니 주의!

발톱이 빠져서

개구쟁이였던 어린 시절 엄지발톱이 통째로 빠진 적이 있다. 나보다 더 개구쟁이였던 친형이 장난으로 문짝을 힘껏 밀었고, 문짝에 부딪힌 내 오른쪽 엄지발톱은 그 충격으로 하늘을 보고 수직으로 일어섰다.

달의 뒷면과도 같았던 발톱 안쪽 모습을 나는 또렷이 기억한다. 아픔은 거의 느껴지지 않았다. 다만 10년 넘게 내 몸에 붙어 있던 엄지발톱이 한순간에 떨어져 나갔다는 충격이 더 컸다. 정기적으로 깎아 줘야 하는 귀찮은 녀석이었지만, 영원히 함께 지낼 줄로만 알았던 녀석과의 예기치 않은 이별이었다. 인사도 제대로 나누지 못한 채 녀석은 내 곁을 떠났다.

발톱이 빠진 자리에는 새로운 발톱이 자라기 시작했다. 하지만 기쁨도 잠시, 새 발톱은 심각한 내성 발톱이었다. 새로 자란 발톱은 발가락 양옆을 사정없이 찌르기 시작했다. 발가락에는 심각한 염증이 생겼고, 결국 염증이 생긴 살과 발톱의 일부를 도려내는 수술을 받았다. 아기 주먹만한 붕대를 발가락에 감은 채 병원을 다녔다.

마지막으로 병원에 간 날, 의사 선생님께서 어린 나에게 발톱 깎는 법을 친절하게 알려 주셨다. "이제부터는 발톱을 깎을 때 끄트머리까지 깎지 말고 사각형 모양으로 깎아야 한단다." 나는 삶의 마지막 순간까지 이 발톱과 친하게 지내야 한다. 발톱 깎는 법을 철저히 지키면서 말이다.

문득 가수 이승철 씨의 〈손톱이 빠져서〉라는 곡이 생각났다. 사랑하는 사람이 떠나간 순간의 아픔과 상실감을 몸의 일부인 '손톱'이 떨어져 나간 상황에 빗댄 노래였다. 결국 새로운 손톱은 다시 자랄 것이다. 물론 그 손톱이 자기 손가락을 찌를지 아닐지는 두고 봐야 알겠지만 말이다.

새 발톱이 자란 이후로
나는 발가락이 찔리지 않기 위해
항상 적당한 발톱 길이를 유지해야 했다.

상처는 항상 죄없는 양말 몫이었다.

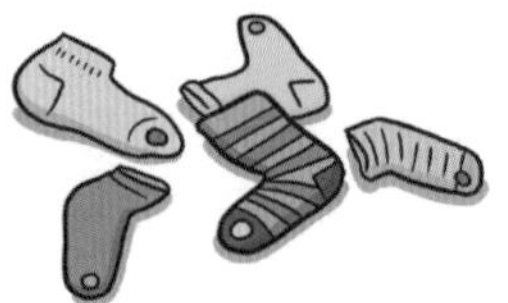

앞으로 뭘 해야할지 모르겠다고요?
실은 저도 뭘 그려야할지 모르겠어요.
하지만 좀더 고민하다보면
뭐라도 떠오르지 않을까요?

5장
그러게
비교하지 말라니깐

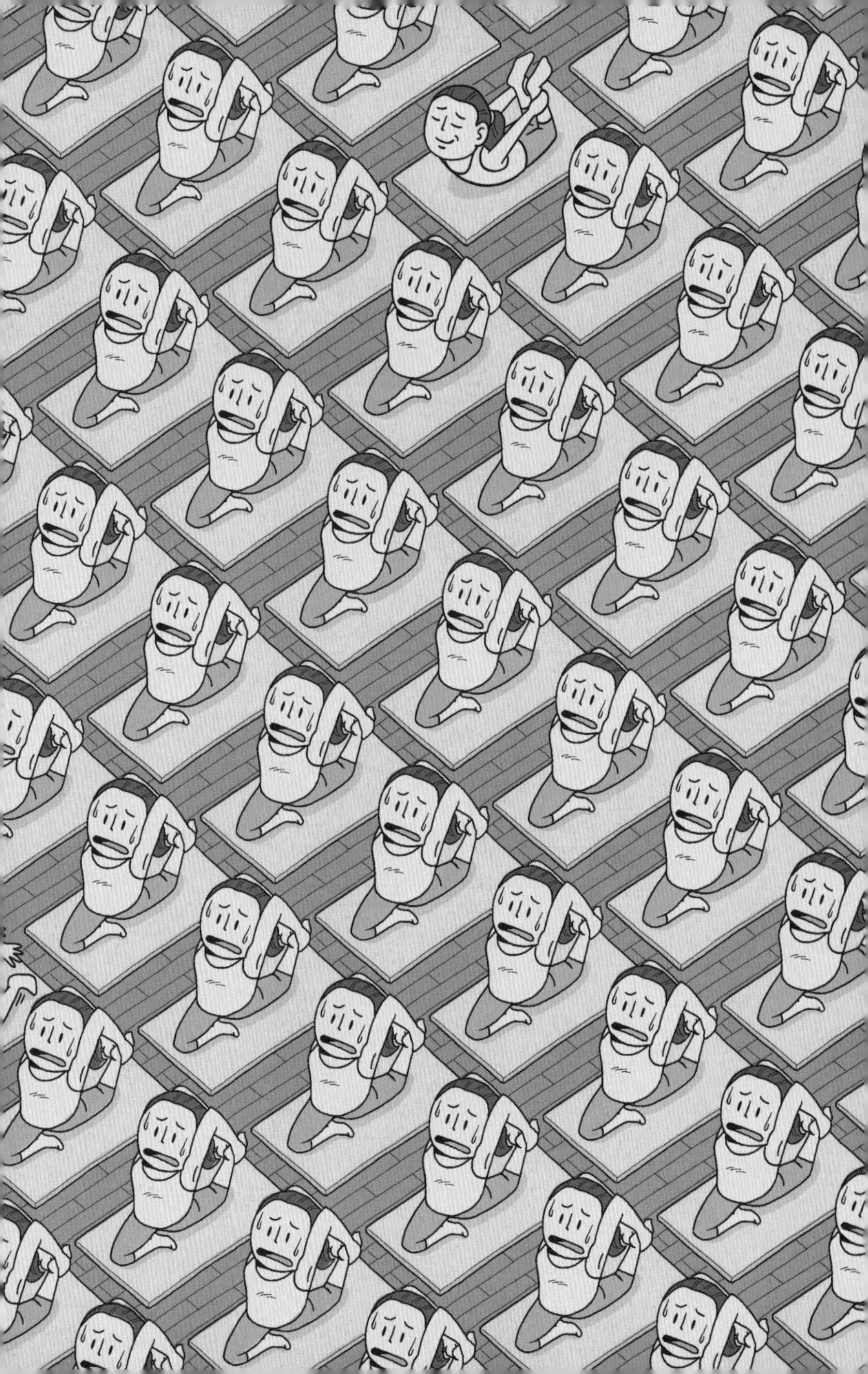

창작은 어렵다
대학생때, 기숙사 선배의 부탁으로 캐릭터를 디자인한 적이 있다.
넵!
귀여운 애로 부탁해!
그런데...
'머리가 큰 귀여운 공룡' 이라는 컨셉으로...
'곤'이랑 똑같네!
마이너한 동물 '오리너구리'를 베이스로 하여...
'고라파덕'이랑 똑같네!
에라이 표절작가!
당시 '곤'과 '고라파덕'이 뭔지도 몰랐던 나는 실제로 상당히 닮아서 놀랐던 기억이 난다.
어찌 이런일이...
교훈: 창작은 아무나 하는 게 아니다.

텔레비전에 내가 나왔으면

허구한 날 작업실 구석에서 종이컵에 그림만 그리는 나에게도 가끔씩 특별한 일이 찾아오곤 한다. 대표적인 게 바로 방송 출연 제의다.

프리랜서로서 환경 문제를 야기할 만한 작업이 아니라면 '의뢰가 오면 일단 긍정적으로 검토한다'는 철칙을 가지고 있다. 하지만 내 그림 작업과 직접적으로 관련되지 않은 방송 출연 제의는 모두 거절했다.

프리랜서로서 가진 철칙보다 중요한 건, 인간으로서의 '축'이라고 생각한다. 대체로 과거의 방송 출연 제안들은 방송용 재미를 위해 거짓된 모습을 꾸며야 하는, 나의 축을 직접 무너뜨려야 하는 일들이었다. 적어도 나에게는 그랬다.

내가 하지 않는, 혹은 못하는 일은 카메라 앞에서도 하지 않아야 한다.

결국 내 축을 지탱할 사람은 자신뿐이니까.

공중파의 어느 교양프로그램 작가로부터
섭외 전화를 받은 적이 있다.

사전 질문지를 본 후에 결정하겠다고
일단 답변드렸다.

그러나 기획서를 받아봤더니,
도저히 내가 할 수 없는 내용들이 적혀있었다.

고민 끝에, 정중히 거절하였다.

TV 프로그램이라는 게
이런식으로 만들어지는구나.
보고 싶지 않았던 이면을 본 기분이었다.

그런데 만약, 내가 그때 무언가를 홍보해야 할
상황이었다면, 칼 같이 거절할 수 있었을까?

좋은 친구들

돌멩이처럼 딱딱한 키위를 샀다.

포장지에는 빨리 익혀 먹고 싶다면 잘 익은 사과나 바나나를 곁에 두라고 적혀 있었다.

맞다. 키위도 우리도, 곁에 좋은 친구를 둬야 한다.

헛둘
헛둘
같이 익자꾸나!

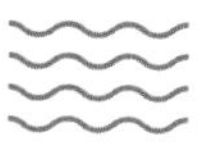

닿을랑 말랑

샤워 중에 간혹 멋진 작업을 위한 아이디어가 떠오르는데 샤워 종료와 함께 어디론가 사라지고 만다. 심지어는 아이디어가 떠올랐었다는 사실조차 잊어버리곤 한다.

그것은 정말로 멋진 아이디어였을까?

희미한 기억을 붙잡으려 잠을 설친다.

사랑을 찾지 못한 채 이번 계절도 지나가요.

횡단보도

"엄마! 그쪽으로 건너면 안 돼. 엄마!!"

평일 오후, 한 여자아이의 날카로운 외침이 주위에 있던 어른들 귀에 꽂혔다. 어른들은 '도대체 엄마라는 사람이 어디로 가길래 아이가 저렇게 큰 소리로 외칠까?'라는 생각으로 엄마를 눈으로 찾았다. 아이의 시선 끝에 있던 그 엄마는 딸의 외침을 통으로 무시하며 무단횡단을 하고 있었다.

우리 집 앞에는 무단횡단을 하고 싶게 만드는 신비로운 도로

가 있다. 중앙 차선에 위치한 버스 정류장으로 가려면 10미터 정도 떨어진 곳에 있는 횡단보도를 건너야 하는데, 수많은 동네 사람들이 그 10미터를 귀찮아하여 무더기로 쁘띠 범법자가 되곤 했다. 이따금 신호 제어기 뒤에 숨어 있던 교통경찰은 호루라기를 불며 그들을 불러 모았다. 부끄럽게도, 나 역시 과거에 교통경찰에게 잡혀 금융 치료를 받은 적이 있다.

횡단보도를 건널 때마다 종종 그 여자아이 생각이 난다. 아이의 외침은 오직 자신의 엄마를 향한 것이었겠지만, 아무 일면식도 없는 내 귀에도 꽂혔고 덕분에 나는 그날 이후로 어떠한 상황에서도 무단횡단을 할 수 없는 몸이 되었다. 경찰관의 호루라기와 금융 치료보다 훨씬 효과적인 외침이었다.

지금도 가끔 궁금하다. 분명 어른에게 '무단횡단을 하면 안 된다'고 배웠을 그 아이는, 자신과 가장 가까운 어른인 엄마의 모습을 보며 무엇을 느꼈을지.

건너겠습니다!
건널게요!!

기억 쪼가리

가방을 정리하다 보면 높은 확률로 무성의하게 접혀진 종이 쪼가리가 나오곤 한다. 대체로 신용카드 영수증이거나 영화 티켓이다.

언제부터였던가, 영화관들이 일제히 얇고 긴 영수증 스타일로 티켓을 발권해 주기 시작했다. 원가 절감 때문이라고 짐작할 뿐이다. 극장에 가서 영화를 보는 게 낙이고 그 티켓을 추억의 징표로 모으던 사람들은 분노했다. 종이가 얇고 필요 이상으로 길어서 수집에 적합하지 않다는 게 그 이유였다. 나 역시도 소심하게 분노하던 한 명이었다.

새로 바뀐 영화 티켓은 영수증과 비슷한 외향을 지녔다는 이유로 하찮은 대우를 받게 됐다. 상영관에 입장할 때 극장 직원에게 보여주고 나면 티켓의 임무는 끝난다. 자리에 앉아 티켓을 주머니에 쑤셔 넣거나 대충 접어 가방 속에 넣는다. 그 티켓은 노트와 태블릿의 무게에 짓눌려 한동안 바닥에 깔려 있게 된다.

그럼에도 나는 바지 주머니 혹은 가방 안에서 영화 티켓이 나오면 차곡차곡 책상 서랍 안에 모아 두었다. 아니, '모았다'는 표현보다 '버리지 않았다'라는 표현이 더 적합할지도 모르겠다. 소중히 다루지 않으면 쉽게 망가지는 이 연약한 티켓이 어쩌면 기억을 보관하는 모습으로 더 어울린다고 생각했기 때문이다.

2018년 여름, 내 작품들을 전시할 기회가 생겼을 때, 나는 그동안 모은 이 하찮아 보이는 영화 티켓들을 전시하고 싶다고 제안했다. 그리고 서랍 속에 쌓여 있던 수백 장의 티켓을 전시장 한쪽 벽에 도배하듯 붙여 놓았다.

나는 전시 기간 내내 다양한 기억을 담고 있는 수많은 기억 쪼가리가 에어컨 바람에 미세하게 흔들리는 모습을 바라보았다.

살랑
살랑

아무래도 여긴 내 자리가 아닌것 같은데…
앉아 있다 보니 나름 편하기도 하고…
어쩌면 좋지?

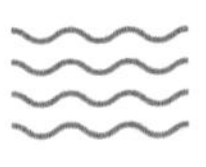

비겁한 변명입니다

"너 〈트랜스포머〉 2편 나랑 같이 봤잖아, 기억 안 나냐?"

친구와 술을 마시던 중, 그가 불쑥 12년 전 일을 꺼냈다.

"진짜로 기억 안나? 나는 그날 너랑 놀았던 거 다

기억하는데."

기억이 나지 않았다. 영화 내용도, 누구랑 봤는지도, 그날 뭐 하며 놀았는지도 말이다.

나에게는 시간의 흐름과 함께 우선순위에서 밀린 기억이, 누군가에겐 10년 넘게 간직한 나름 소중한 기억일 수 있다.

나는 기억이 나지 않음을 비겁하게 영화의 완성도 탓으로 돌리며, 친구 술잔에 술을 따랐다.

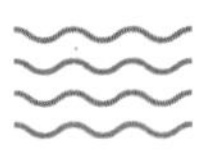

가만히 있어도 괜찮을까요?

창밖을 바라보니, 다들 오른쪽에서 왼쪽으로 혹은 왼쪽에서 오른쪽으로 걷고 있다.

자리에 가만히 있는 사람은 나 혼자뿐이다.

그거 아시죠?

세상에는 말을 안 듣는 사람이 생각보다 많아요.

노후 준비

학창 시절, 용돈을 받으면 가장 먼저 검은색 VHS 공비디오테이프를 사러 갔다.

테이프를 사러 가기 전에는 그 달 TV에서 틀어 줄 예정인 영화 목록을 뽑았다. 보고 싶은 영화 리스트를 짜고, 영화 편 수에 맞춰 테이프 개수를 책정했다. 녹화를 한 후에는 영화 제목과 개봉 년도, 제작 국가를 종이에 적어서 곱게 붙여 놓았다. 부모님께는 이 행위를 '노후 준비'라고 설명했다. 나이가 들고 은퇴하면 그때 볼 영화들이었다.

그 후 세상은 어떻게 바뀌었는가? 아시다시피 비디오테이프 없이도 훨씬 더 고화질 영화를 몇 초 만에 찾아볼 수 있는 세상이 되어 버렸다. 본가 서재에는 아직도 어릴 적 녹화해 놓은 비디오테이프들이 수없이 쌓여 있다. 지금 당장 틀어 봐도 제대로 재생이 될지 장담할 수 없는, 구시대의 구닥다리 유물들이다.

지금 생각해 보면, 그때 내가 했던 짓은 '노후 준비'가 아니었다. 그냥 영화를 고르고, 계획을 짜고, 시간 맞춰 녹화를 하는 행위 자체가 즐거웠던 것이다. 이제 와서 아무 쓸모도 없어졌다한들 무슨 상관인가. 열정을 쏟고, 즐겼으면 된 것이다.

다만 내가 그 시절의 나에게 조언 한마디 할 수 있다면 이렇게 말해 주고 싶다.

"그거 말고, 진짜 노후 준비를 해 보는 건 어때?"

물론 씨알도 안 먹히겠지만.

노! 후! 준! 비!

그러게 비교하지 말라니깐

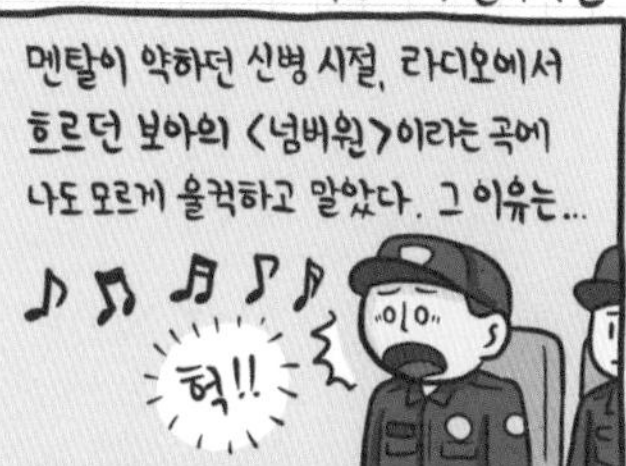

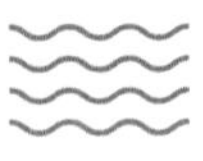

감춘다고 감춰질까

사람을 그리다 보면 손을 아무리 고쳐 그려도 마음에 들지 않을 때가 있다.

그럴 때는 캐릭터 설정을 바꿔 손을 바지 주머니에 넣거나 팔짱을 끼도록 했다. 나는 '짜잔! 손이 보이지 않으니, 그릴 필요도 없지!' 하며 무슨 대단한 발견이라도 한 듯 혼자 좋아했다.

어느 날, 인터넷에서 우연히 남성용 보정 속옷 광고를 봤는데 내 그림 생각이 났다.

저 뱃살은 잠시 속옷에 가려 보이지 않을 뿐, 사라진 건 아니다. 들추면 어차피 다시 튀어 나올 뱃살 혹은 내가 그린 어색한 모양의 손.

다들 적당히 감추면서, 감췄다고 생각하면서 살아간다.

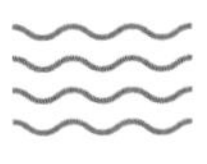

날지 못한 학

낙첨된 로또 용지로 종이학을 접는다.

내가 이러려고 어릴 때 종이학 접는 법을 배웠던가.

온몸에 숫자가 새겨진 학은 날지 못한 채 그대로 있다.

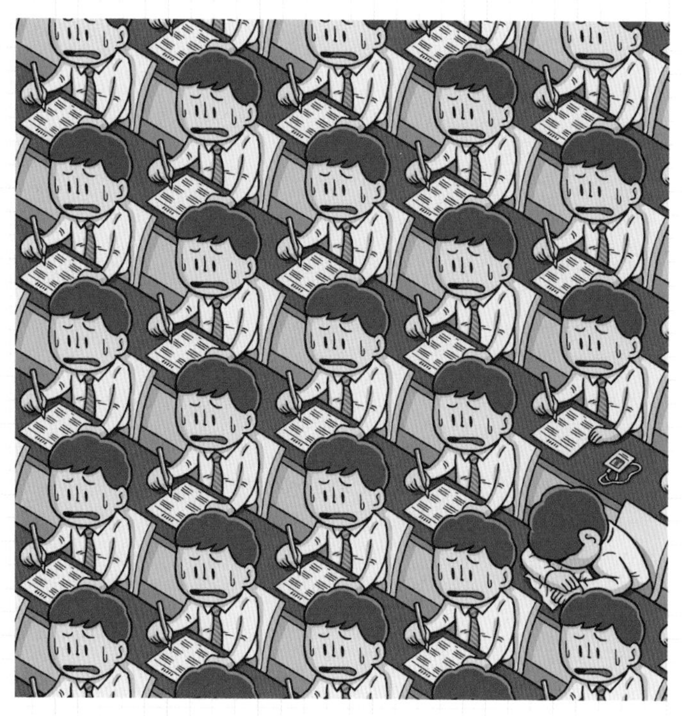

"다 풀기 전에는 나갈 수 없습니다."

삶은 아리송한 시험 문제의 연속.

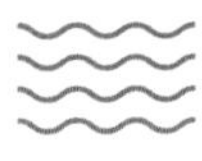

나쁜 어른

"일러스트레이터는 한 달에 얼마 벌어요?"

학생들 상대로 한 강의를 나가면 으레 받는 질문 중 하나다.

나는 어렸을 때 그토록 싫어했던 어른들의 필살기, '질문을 질문으로 받아치기'로 나도 모르게 맞대응을 했다.

"학생은 내가 얼마 벌 것 같아요?"

나는 질문에 대한 답변을 학생들 앞에서 시원하게 말하지 못한 것보다 나쁜 어른들의 화법을 나도 모르게 따라했다는 사실에 실망했다.

뜻밖의 교감

나는 180대가 되고 싶었던 170대야...

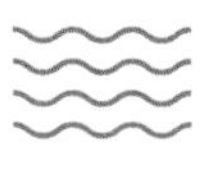

쓰러지지 않으려면

'달리는 자전거는 쓰러지지 않는다.' 누군가의 집 가훈이라고 했다. 이 문장을 한참 곱씹으며 생각했다.

'맞아, 적어도 쉬지 않고 페달을 굴리는 동안에는 쓰러질 생각 따위 하지 않지. 만약 쓰러질 것 같으면 쓰러지는 방향으로 핸들을 꺾으라고도 배웠지.'

지금 생각해 보니, 그 가훈은 고난을 등지지 말고 정면으로 맞서라는 소리로도 들린다. 쓰러지지 않으려면 달려야 한다고.

그렇다면 나를 응원할 수밖에

멋대로지만 제대로 사는 중입니다

초판 1쇄 발행 2021년 7월 14일

지은이 김수민
편집 이윤주 김희라 @스튜디오봄봄
디자인 박도담
일러스트 김수민

펴낸이 김자영
펴낸곳 북로망스
신고번호 제2019-00045호
이메일 book_romance@naver.com

ISBN 979-11-970371-9-1

• 책값은 뒤표지에 있습니다.